Sonntagsweibchen

von

Tanja Wahle

www.lalala-hamburg.de

Impressum

© 2018 copyright by Tanja Wahle, Hamburg

Autorin: Tanja Wahle
www.lalala-hamburg.de
info@lalala-hamburg.de

Covergestaltung: Tanja Wahle

Coverfoto & Autorenfoto: Maria Fox

www.mariafox.de

ISBN 9783752832235

Herstellung und Verlag:

BoD- Books on Demand, Norderstedt

Vorwort

Wenn ich mal „auswandere", dann ans Meer. Für die meisten Menschen ist „das Meer" der Ozean. Für mich ist es die Ostsee, um genau zu sein: Kühlungsborn. Dieser Ort hat für mich etwas Besonderes. Ich habe mich dort von Anfang an geborgen gefühlt. Doch bisher bin ich dort immer nur einer von vielen Urlauber gewesen. Durchaus Konsequent, mal jemanden zu fragen, der Kühlungsborn täglich im Herzen trägt. Den Bürgermeister zum Beispiel.

„Ein Leben ohne Liebe und menschliche Geborgenheit ist arm.

Ein Leben ohne die Nähe der Ostsee, den Strand, den Hafen, den Stadtwald, die Betriebsamkeit im Stadtkern und deine fröhlichen Menschen könnte ich mir nicht vorstellen.

Ich gehöre zu den Menschen, die sich in Kühlungsborn zusammenfinden und denen das Wohlergehen der Stadt und deren Einwohnern am Herzen liegt und die gemeinsam die richtige

Balance zwischen Tradition und Fortschritt fin-
den wollen und so die Grundlage für eine dau-
erhafte heimatliche Verbundenheit schaffen.

Aus diesem Grunde dürfte unsere Titelfigur
wohl den von ihr eingeschlagenen Weg ge-
wählt haben.

Ihr Rüdiger Kozian
Bürgermeister Kühlungsborn"

1

Sie stand im Bad und bürstete sich die Haare. Aus dem Radio ertönte Cindy Lauper und verkündete lautstark, „Girls just wanna have fun", sie dachte an die letzte Nacht und musste lächeln. Ja, da war definitiv jede Menge fun dabei gewesen. Sie blickte durch die geöffnete Badezimmertür, durch das Schlafzimmer über das zerwühlte Bett und sah den blauen Himmel und das Meer dahinter. Das Radio verhinderte, dass sie die Möwen hören konnte, die über dem Meer kreisten. Es versprach ein wundervoller Tag zu werden. Sie strich mit der Bürste noch einige Male durch ihre überschulterlangen, von der Sonne gebleichten dunkelblonden Haare und sah sich tief in die Augen. Das hier war das Leben, das sie sich immer gewünscht hatte. Sie cremte sich ihr Gesicht ein und schloss die Augen. Letzte Nacht, nachdem sie sich leidenschaftlich geliebt hatten und danach noch mit einem Bier im Sand unter dem unendlich weiten Sternenhimmel gesessen hatten, hatte er ihr gesagt, dass er sie liebte und sie hatte ihm tief in die Augen gesehen und ihm gesagt, dass auch sie ihn liebte. Es war eine wundervolle Nacht gewesen.

Wie aus weiter Ferne tönte eine Stimme an ihr Ohr: „Cosma!" sie öffnete die Augen und befand sich wieder in ihrem kleinen Badezimmer im Obergeschoss ihres Elternhauses. Der Radiomoderator verkündete gerade gut gelaunt, dass der Regen der durch das Tiefdruckgebiet „Irene" ausgelöst wurde noch die ganze Woche anhalten würde. Na großartig. Sie schaltete das Radio aus und von unten ertönte erneut die Stimme ihrer Mutter: „Cosma! Frühstück ist fertig." Sie ging in aller Seelenruhe ohne eine Reaktion in ihr Schlafzimmer und zog sich an. Als sie fertig war sah sie in den Spiegel. Was sie sah war Durchschnitt. Vom Scheitel bis zur Sohle. Sie hatte schon oft versucht etwas daran zu ändern, aber sie hatte so einen Hauch von Spießigkeit, den sie nicht loswurde. Genau wie diese dunkle Wolke, die immer über ihr zu hängen schien. Es war keine wirkliche Depression, aber sie war auch nicht gerade der Typ Sonnenschein. Der Haarschnitt langweilig aber praktisch. Die Schuhe unsexy. aber bequem. Das Outfit zweckmäßig. In der Küche war es mit der Geduld ihrer Mutter langsam vorbei: „Nelly! Dein Toast wird kalt." Oh, so weit war sie heute schon. Ihre Mutter und ihr Vater konnten es nicht lassen ihr bei der Geburt den Namen Cosma zu verpassen, weil sie beide Nina-Hagen-Fans waren. Etwas, das eigentlich nicht in ihre spießige Welt zu passen schien; obwohl sie beide nicht müde wurden zu erwähnen, dass sie ja „auch mal jung waren." Um das Namensdrama komplett zu machen bekam Cosma als zweiten Namen den Namen ihrer Großmutter verpasst: Melanie. Cosma-Melanie, natürlich mit Bindestrich. Sie hatte allerdings schon mit 10 beschlossen, dass sie auf keinen Fall Cosma heißen wollte. Niemand hier in der Gegend hieß Cosma oder ähnlich „spacig". Sie fand auch der Name passte einfach nicht zu ihr, mal ganz davon ab, dass die Kinder sie bereits in der ersten Klasse mit dem Namen hänselten und ständig „Cosma vom anderen Stern" hinter ihr herriefen.

Sie hatte auch in dieser Zeit schon nicht so richtig zwischen die anderen kleinen Draufgänger gepasst. Immer war da diese dunkle Wolke über ihr gewesen. Es gab keinen Grund traurig zu sein und trotzdem war sie es. Sogar in glücklichen Zeiten war sie nie unbeschwert. „Nelly, wenn du jetzt nicht sofort herunter kommst….", wie immer blieb der Satz unvollendet. Was hätte ihre Mutter ihr auch androhen sollen? Sie war mittlerweile 26, die „Stille Treppe" war kein adäquates Mittel mehr und auch Fernsehentzug und Stubenarrest waren passé. Es war ein Spielchen aus Kindertagen zwischen ihr und ihrer Mutter. Ihre Mutter liebte den Namen Cosma; sie hörte nur auf Melanie. Ihre Mutter verweigerte diesen Namen und rief sie dann Nelly. Nelly wie die Zicke aus „Unsere kleine Farm". Sie wussten beide, dass Melanie weder eine Cosma noch eine Nelly war.

Melanie nahm ihre schon am Abend sorgsam gepackte Handtasche und ging nach unten, um wie jeden Tag, mit ihren Eltern zu frühstücken. Sie hätte in ihrer Etage auch eine Küche gehabt aber diese war, bis auf das Kochen von ein paar Tassen Tee bisher unberührt geblieben. Für wen sollte sie auch kochen? Ihre Mutter kochte leidenschaftlich gern und freute sich, wenn die Familie zusammen beim Essen saß. Melanie mochte die Essenszeiten mit ihrer Familie, auch wenn sie an einigen Tagen lieber gleich oben in ihrer Wohnung verschwunden wäre. Sie ging die geschwungene Treppe ins Erdgeschoss hinab. Den gesamten Treppenabgang herunter hingen die Ereignisse ihres Lebens. Kindergarten, Einschulung, Schulabschluss, Studium und ihr Abschlussdiplom als Grafik-Designerin. Melanie atmete tief durch, stellte ihre Tasche wie immer auf das kleine Tischchen im Vorflur und ging in den Wintergarten, in dem ihre Eltern bereits saßen und frühstückten. Ihre Mutter stand auf und schenkte ihr Kaffee ein, als sie sie hereinkommen sah. Wie jeden Morgen umarmte sie sie und küsste sie auf die Wange. Melanie strich ihrer Mutter über den Rücken und ging zu ihrem Vater. Dieser strahlte ihr bereits entgegen und sein Lächeln wurde breiter als sie ihn, wie jeden Morgen, laut schmatzend auf die Glatze küsste. Er legte seinen Arm um ihre Hüfte und drückte sie kurz und liebevoll an sich. Melanie setzte sich und blickte kurz auf die Felder, die sich an das Grundstück ihres Elternhauses anschlossen. Es war grau draußen und die dunklen Wolken wirkten bedrohlich und trotzdem war der Ausblick sogar bei diesem Wetter schön; mystisch und geheimnisvoll.

Melanie hätte trotzdem gerne am Meer gewohnt. Das Meer hatte schon immer eine faszinierende Wirkung auf sie gehabt. Aber das Meer sah sie meistens nur zwei Wochen im Jahr; die Familie fuhr dann zur Verwandtschaft nach Kühlungsborn. Nicht gerade die große weite Welt, aber Melanie fühlte sich dort heimisch. Etwas, dass sie ihren Eltern lieber verschwieg. Ihre Eltern die so stolz waren auf ihren Betrieb. Ihr Vater war Obstbauer und ihre Mutter betrieb neben ihrem Haushalt einen kleinen Hofladen in dem sie einen Teil des

Selbstgeernteten verkaufte. Außerdem verkaufte sie selbstgekochte, selbstkreierte Marmeladen. Die Marmeladen ihrer Mutter waren sehr beliebt und wurden auch immer bekannter. Mehr als einmal hatte sie schon die Möglichkeit gehabt, die Marmeladen auch in Läden in der Hamburger Innenstadt zu verkaufen, aber sie hatte jedes Mal abgelehnt. Expansion war nicht so ihr Ding. Sie mochte es bodenständig. So waren sie alle seit Generationen: bodenständig. „Daran ist nichts Schlechtes!" pflegte ihr Vater Paul oft zu sagen und ihre Mutter Irene stimmte ihm zu. Melanie nickte meistens wortlos. Nein, daran war nichts Schlechtes, aber Melanie hatte das Gefühl, dass ihr Leben sehr „bodenständig" an ihr vorüberging. Sie hatte die Schule abgeschlossen nicht überragend aber mehr als durchschnittlich, in ihrem Studium war sie förmlich aufgeblüht. Das Praxissemester hatte ihr bestätigt, dass sie eine sehr kreative Ader hatte. Sie hatte schon immer gerne gemalt und in den Wohnungen und Häusern ihrer Verwandtschaft hingen auch viele ihrer Bilder. Ihr Vater hatte dazu immer milde gelächelt und ihr gesagt, dass es doch ein wirklich schönes „Hobby" wäre, was sie da hätte. Melanie fühlte jedes Mal einen Widerstand in sich, den sie sich nicht erklären konnte. Aber zu malen war für sie immer schon mehr als ein Hobby gewesen. Ihre Mutter erzählte immer wieder gerne die Geschichten aus ihrer Kindheit. Dass sie stundenlang mit Stiften und Papier vor einem Baum gesessen hatte und diesen im Detail abmalte.

Schon mit 10 malte sie Bilder aus ihren Erinnerungen von Orten, an denen sie im Urlaub gewesen waren. Auch später war das Malen für sie ein Ausgleich zu ihrem tristen Alltag gewesen. Ihr Vater hatte ihr in einem Schuppen eine Art Atelier eingerichtet. Er nannte es liebevoll ihre Kleckerbude und hatte eigentlich nur verhindern wollen, dass sie das Haus „einsaute". Melanie war egal wie er es nannte, für sie war es ihre kleine Welt. Eine Welt in der sie den Alltag aussperren konnte und in der sie ihrer Fantasie freien Lauf ließ. Ihre Eltern hatten keine Ahnung wie viele Bilder sie in ihrer „Kleckerbude" bereits gemalt hatte. Sie hatte irgendwann aufgehört sie ihnen zu zeigen. Die Reaktionen waren immer ähnlich. Ihr Vater brummte ein zustimmendes „Hm, hm…„ und ihre Mutter nickte dazu, lächelte, um dann festzustellen, dass es Zeit für den nachmittäglichen Kaffee wäre. Melanie war häufig enttäuscht gewesen, hatte aber irgendwann für sich beschlossen, nicht mehr jedes Bild zu präsentieren und ihre Eltern fragten auch nur gelegentlich danach. Vor ein paar Jahren hatte sie dann die Bilder nach Fertigstellung eine Weile in ihrer Kleckerbude stehen lassen, sie dann fotografiert, archiviert und die Leinwände sorgfältig weggepackt. Mittlerweile dürften es über 50 Exemplare sein. Melanie hatte aus einigen schon Glückwunschkarten gestaltet und diese an Freunde und Verwandte verschenkt, natürlich ohne zu erwähnen, dass sie diese kleinen Kunstwerke zum Leben erweckt hatte.

„So", sagte ihr Vater wie jeden Morgen und läutete damit das Ende des Frühstückes ein. Ihre Mutter griff nach dem Tablett, das, wie immer, neben ihrem Stuhl stand und begann das

Geschirr abzuräumen. Melanie fragte wie jeden Morgen: „Soll ich irgendwas mit in die Küche nehmen?" und ihre Mutter antwortete wie jeden Morgen: „Nein Schatz, lass nur. Ich mach das in Ruhe, ich habe ja Zeit." Melanie lächelte wie immer und sagte dann: „Okay, ich bin dann weg. Habt einen schönen Tag ihr Beiden." Ihre Mutter warf ihr eine Kusshand zu und sagte, ebenfalls wie jeden Morgen: „Du auch." Ihr Vater zwinkerte ihr zu und sie ging zurück in den Vorflur, wo ihre Tasche stand. Sie zog ihren Regenmantel an, nahm ihre Tasche und ging aus dem Haus. Als sie die Tür zugezogen hatte und aus dem Schutz des Hauses herausgetreten war, wehte ihr ein kalter Wind um die Ohren. Es war viel zu kalt für Mai aber das schien dem Mai in diesem Jahr egal zu sein. Sie ging die paar Meter zur Bushaltestelle und kurz darauf fuhr der Bus vor. Ihr Morgen war immer gut geplant, denn der Bus fuhr hier nur alle 40 Minuten, was eine Ewigkeit war, wenn man bedachte, dass sie noch zur Stadt Hamburg gehörten.

Melanie kannte den Busfahrer natürlich und auch die meisten der Insassen des Busses. Sie grüßte hier und da freundlich und setzte sich auf den vorletzten Zweier-Platz auf der linken Seite, wie immer. Melanie sah aus dem Fenster, nahm aber eigentlich nur die Regentropfen wahr, die direkt vor ihr an der Scheibe klebten. Während sie so die Tropfen anstarrte merkte sie, dass ihr die Tränen kamen. Sie konnte es nicht verhindern und war froh, dass niemand in ihrer Nähe saß der es hätte sehen können. Sie blickte aus dem Fenster und fühlte, wie die heißen Tränen über ihr Gesicht liefen. Das passierte ihr in letzter Zeit häufiger und sie konnte sich nicht erklären warum. Sie hatte schon immer diese gefühlte „graue Wolke" über ihrem Kopf gehabt. So ein Gefühl wie ein feiner grauer Schleier über allem, was sie tat. Die Menschen um sie herum schienen das zu spüren. Obwohl sie kein unangenehmer Mensch war, gelang es ihr nicht, wirkliche Freundschaften zu schließen. Dabei hätte sie sich sehr Freunde gewünscht oder zumindest Bekannte. Leute mit denen man um die Häuser ziehen konnte, obwohl ihr klar war, dass sie nie der

„Um die Häuser zieh"-Typ war. Manchmal fragte sie sich, warum nicht? Sie tanzte gerne, tat dies aber meistens für sich alleine in ihrem Zimmer. Es gab einfach niemanden der sie gefragt hätte, ob sie nicht mitkommen wollte. Als sie vor drei Jahren in ihrer Firma angefangen war, hatten einige Kolleginnen und Kollegen sie mitgenommen zu einigen Afterwork-Sessions. Sie hatte auch dort überwiegend alleine gesessen und sich an ihrem Getränk festgehalten. Sie traute sich nicht zu tanzen und es forderte sich auch niemand auf, es war zu laut um sich wirklich zu unterhalten. Sie hatte sich jedes Mal nach ein, zwei Stunden auf den Heimweg gemacht, weil sie ja so weit draußen wohnte. Alle hatten verständnisvoll genickt und waren auch irgendwie erleichtert gewesen, wenn sie ging. Sie passte einfach nicht dazu. Sie fragte sich, ob das ihr ganzes Leben so sein würde, dass sie das Gefühl hatte nicht dazu zu passen. Ihre Eltern waren sehr gesellig feierten oft Feste und waren selber auch gern gesehene Gäste. Melanie klinkte sich auch bei diesen Feiern gern aus und verschwand in ihrem Zimmer.

Melanie war nie etwas wirklich Schlimmes in ihrem Leben passiert aber sie war einfach ein Pechvogel. Immer ängstlich, immer unsicher, ständig selbsterfüllende Prophezeiungen. Wenn sie im Sportunterricht Bockspringen machten, dann malte sie sich während sie in der Reihe stand aus, was alles passieren könnte. Wenn sie dann dran war, war sie bereits so verunsichert, dass sie wahlweise beim Anlauf bereits hinfiel oder vom Sprungbrett so zaghaft absprang, dass sie nicht über den Bock hüpfte, wie alle vor ihr, sondern direkt gegen den Bock prallte. Einmal war dieser dabei sogar mit ihr zusammen umgefallen. Die Mitschüler hatten schallend gelacht und ihr war das Ganze einfach nur peinlich. Beim Absprung von der Sprossenwand verstauchte sie sich den Knöchel, beim Balancieren über den Schwebebalken stolperte sie derart unglücklich, dass sie an allen Matten vorbei auf den harten Boden fiel. Natürlich direkt auf ihr Gesicht, was ein sehr blaues Auge zur Folge hatte. Natürlich war sie auch diejenige, die, weil sie zulange in der Umkleide brauchte, einfach in der Turnhalle vergessen wurde. Es dauerte drei Stunden ehe sie jemand vermisste und nach ihr suchte. Bei einem Schulausflug an der Elbe sollte jedes Kind zwei Würstchen zum Grillen mitbringen. Alle legten ihre Würstchen beim Feuer ab, um einen Stock zu suchen auf dem man die Würstchen zum Grillen über das Feuer halten konnte, Melanie auch. 30 Kinder und je zwei Würstchen. Es lagen also 60 Würstchen um das Feuer und es kam ein Hund vorbei. Die einzigen Würstchen, die hinterher fehlten waren ihre gewesen und schon wieder war sie dem Gelächter der ganzen Klasse ausgesetzt. Sie hatte keine guten Erinnerungen an ihre Schulzeit, hatte sich auch dort immer als Außenseiter gefühlt. Stefanie war das Beste an ihrer Schulzeit gewesen. Sie hatte ihr an diesem Tag eines ihrer Würstchen abgegeben und sie getröstet. Seitdem waren sie beste Freundinnen.

Ein paar Mal hatte es einen Jungen oder Mann in ihrem Leben gegeben aber es hielt nie lange. Sie war so von der Idee fasziniert, dass der jeweilige Mann den sie traf jetzt die Liebe ihres

Lebens sein würde, dass sie jeden Keim eines Gefühls bei den Männern sofort erstickte. Sie mochten sie und vielleicht hätte sich sogar mehr ergeben, aber alle Männer flüchteten vor der völligen Vereinnahmung, die sie in ihrer Hilflosigkeit über sie ausbreitete. Danach war sie zu Tode betrübt und trauriger und einsamer als je zuvor. Schließich ließ sie es einfach sein. Ihr Vater versuchte sie permanent mit den Söhnen von irgendwelchen Nachbarn zu ver-kuppeln die, so seine Meinung, eine gute Par-tie wären.

Sie brauchte keine „gute Partie", sie brauchte einen Menschen, der zu ihr gehörte. Sie wünschte sich ein Leben mit einem Mann, viel-leicht irgendwann mal eine Familie aber vor al-lem Freunde; einfach Menschen die zum Leben dazu gehörten aber sie schaffte es nicht, diese Kontakte aufzubauen oder geschweige denn zu halten. Sie konnte mit niemandem darüber sprechen, denn die einzige wäre ihre Freundin aus Kindertagen gewesen, aber die war weit weg. Sie war jetzt 26 Jahre alt und sie war ein-

sam. So einsam, dass sie an diesem verregne-
ten Frühlingstag im Bus saß und einsam mit
dem Regen weinte.

2

An diesem Tag sah sie ihn das erste Mal. Er
stieg wie sie am Hauptbahnhof um. Sie hätte es
nicht beschwören können, aber sie war sich sicher, ihn noch nie vorher gesehen zu haben.
Sie hatte keine Ahnung aus welcher Richtung
er gekommen war. Sie stiegen beide in die-
selbe Bahn und saßen auf einem Vierer-Platz.
Er am Gang, sie wie immer in der Mitte des
Waggons. Sie sah wie immer aus dem Fenster
obwohl es im Bahnhof nur die gekachelte
Wand hinter der Scheibe zu sehen gab und
plötzlich fühlte sie sich beobachtet. Sie sah sich
um und blickte direkt in seine Augen, die sie
unverwandt anstarrten. Als es ihm bewusst
wurde, sah er sofort weg und sie tat es ihm
gleich. Ihr Herz schlug ihr bis zum Hals. Sie sah
nochmal zu ihm hin und er sah sie wieder an.

Sie blickte auf den Boden. Warum sah er so zu ihr herüber. Die Bahn hielt einige Male und zwei Stationen vor ihrer hielt es sie nicht mehr auf ihrem Platz. Sie stellte sich an die Tür. Ein zaghafter Blick nach links zeigte ihr, dass auch er mittlerweile an der Tür stand. Verwirrt stellte sie fest, dass er an der gleichen Station ausstieg wie sie. Da er näher an der Treppe stand die vom Bahnsteig herunterführte musste sie an ihm vorbei. Er war nach dem Aussteigen stehengeblieben und sah in ihre Richtung. Sie zog die Kapuze ihres Regenmantels ins Gesicht und ging eiligen Schrittes an ihm vorbei. Eigentlich rannte sie fast, auch wenn sie sich fragte warum eigentlich? Sie redete sich ein, dass sie es nur wegen des Regens so eilig hatte. Sie bemühte sich, sich nicht umzudrehen, aber sie bildete sich ein, seine Blicke spüren zu können.

Schließlich stoppte die rote Ampel an der großen Kreuzung sie und sie stellte fest, dass sie völlig außer Atem war. Der Regen tropfte von ihrer Kapuze und sie versuchte ihren Atem zu beruhigen. Sie sah den Autos zu, wie sie auf der vierspurigen Straße an ihr vorüberrasten. An dieser Ampel musste sie fast an jedem Morgen warten und immer stand sie direkt neben dem Ampelpfeiler. Sie stellte sich immer vor, wie sie einmal vor einem schrecklichen Unglück bewahrt wurde, weil der Pfeiler ihr Leben retten würde. Ein Wagen verlor die Kontrolle, raste auf sie zu und wurde gestoppt durch den Pfeiler und sie blieb unverletzt. Jeden Morgen gingen ihr diese Gedanken durch den Kopf, es war wie ein Mantra, das sich verselbständigt hatte. Aber auch an diesem Morgen wurde die Ampel schließlich grün und sie konnte ihren Weg in das Büro fortsetzen.

Wie jeden Morgen schritt sie durch die Glastür auf der in großen Buchstaben: „Bohlen, Peters & Müller, Creative Grafik Design" stand. Ihre Mutter hatte sich vor Lachen kaum einkriegen können, dass sie jetzt bei Herrn Bohlen arbeitete, wo sie doch überhaupt nicht singen konnte. Sehr witzig. Melanie hatte sich in das Wort „Creative" im Namen verliebt und gehofft, dass sie dort endlich ihre Kreativität ausleben und einbringen konnte. Aber eigentlich suchten sie bei „Bohlen, Peters & Müller" nur ein Mädchen für Alles für den Empfang. Leider war ihr das beim Vorstellungsgespräch nicht so klar gewesen und jetzt hatte sie diesen Job schon seit drei Jahren.

Drei Jahre in denen sie den Besuchern die Mäntel abnahm, Kaffee kochte, sich um die Post kümmerte und Telefonate vermittelte. Die Bezahlung war gut und ihr Vater meinte, von irgendwas muss man ja leben. Aber Melanie hatte das Gefühl, dass sie dort genauso unsichtbar war wie im Rest ihres Lebens.

Sie hängte ihren Mantel wie jeden Morgen an die Garderobe am Ende des Ganges, setzte auf dem Rückweg die erste Kanne Kaffee des Tages auf. Als sie den Rechner hochgefahren hatte und sie gerade ihr Head-Set aufsetzte kamen die ersten Mitarbeiter von „Bohlen, Peters & Müller"; alle grüßten freundlich, einige hielten kurz ein Schwätzchen mit ihr und nahmen dann ihre Notizen und die Post mit an ihren Platz. Kurz darauf klingelte das erste Mal an diesem Tag das Telefon.

Bis zur Mittagspause war nichts Außergewöhnliches passiert. Was sollte auch passieren? Melanie nahm ihr Mittagsessen und verließ das Büro. Sie sah sich kurz um und nahm dann die Treppe nach oben. Durch die kleine Dachluke zwängte sie sich nach draußen. Obwohl die Sonne jetzt schien war das Dach noch nass. Sie stand dort saugte die wundervolle Aussicht ein und aß ihr Sandwich, das ihre Mutter ihr, wie immer mit viel Liebe zubereitet hatte. Melanie schüttelte den Kopf. Es rührte sie, dass ihre Mutter ihr das Pausenbrot machte... immer noch. Mittlerweile war auf ihrer Brotdose zwar keine Bibi Blocksberg mehr, sondern sie hatte eine „stylische" Tupperdose in den verschiedenen Farben der „Jungen Welle" dabei, aber ansonsten hatte sich nicht viel verändert. Nur dass sie jetzt 26 war.

Stefanie, Melanies Freundin aus Kindertagen lebte nicht mehr in Hamburg. Sie war nach dem Studium zu einer Reise durch Europa aufgebrochen. Melanie hatte sie einerseits beneidet, andererseits wusste sie, dass sie einfach kein Globetrotter war. In Dénia auf dem spanischen Festland hatte Stefanie sich verliebt. Nicht in Juan oder José, sondern in Michael, der in gleicher Mission unterwegs war wie Stefanie und sich in einem Hotel gerade das Geld für die weitere Reise verdiente. Die beiden wurden unzertrennlich.

Ab und zu schickte sie Melanie eine Karte oder eine E-Mail, immer verbunden mit der Einladung sie mal besuchen zu kommen. Aber Melanie konnte sich das einfach nicht vorstellen. Sie war noch nie geflogen, sie sprach kein Wort spanisch und überhaupt. Sie im Ausland und womöglich noch am Strand im Bikini... das hätte sie sich nie getraut. Aber wenn sie, wie heute auf dem Dach stand und sich aus Hamburg wegträumte, dann träumte sie sich gerne ans Meer. Sie stellte sich vor, wie ihr Bikini aussah und auch, wie sie darin aussah; wunderschön und vor allem selbstbewusst. Wenn sie die Wahl gehabt hätte, dann wüsste sie genau, wie sie aussehen und wie sie sich verhalten würde. Die Männer wären verrückt nach ihr und würden sie auf Händen tragen und nachts…. MELANIE! Sie rief sich zur Ordnung. Alles nur Tagträumereien, die zu nichts führten Und doch für einen kleinen Augenblick war die dunkle Wolke über ihr aufgerissen und hatte ein bisschen blauen Himmel gezeigt. Wenn sie nicht zu eilig damit beschäftigt gewesen wäre sich zur Ordnung zu rufen, dann hätte sie ihn auch gesehen.

Um 17 Uhr machte Melanie Feierabend. Sie nahm ihre Tasche wünschte in das Büro ihres Chefs einen schönen Feierabend, den er erwiderte und ging. Sie hatte nichts vor an diesem Abend, wie an den meisten Abenden. Sie könnte noch einen Kaffee trinken gehen, aber wozu? Sie hätte dort alleine gesessen und sich zwischen den anderen Menschen noch einsamer gefühlt. Außerdem machte ihre Mutter sich sorgen, wenn sie außer der Reihe später nach Hause kam. Melanie dachte an ihre Kleckerbude und beschloss dort heute noch für ein oder zwei Stündchen ein neues Bild anzufangen. Irgendwas mit Meer und Strand und wie eine Bestätigung von oben, riss der Himmel auf und schickte noch ein paar Sonnenstrahlen zu ihr herunter.

Das Abendessen mit ihren Eltern zog sich für Melanie ewig hin. Sie wollte unbedingt in ihre Kleckerbude. Um 20 Uhr war es endlich soweit. Sie hatte ein altes T-Shirt angezogen, ihre Haare zu einem kleinen Zopf zusammengebunden und die etwas zu weite Latzhose angezogen. Sie wusste, dass sie nicht so sexy darin aussah, wie sie sich fühlte, aber das war egal. Im Schuppen angekommen zog sie ihre Schuhe aus und stellte das Radio an. Im Radio sang Norah Jones „Don't know why" und Melanie summte leise mit während sie eine neue Leinwand aufstellte und alles vorbereitete.

Es war weit nach Mitternacht als Melanie nach oben in ihre Wohnung schlich, sie würde zu wenig Schlaf bekommen und morgen sehr, sehr müde sein. Aber sie lächelte, als sie in ihr Bett ging und war schon fast eingeschlafen noch bevor ihr Kopf das Kopfkissen berührte.

Am nächsten Morgen wachte Melanie auf und fühlte sich irgendwie als hätte sie verschlafen. Dann fiel ihr ein, dass ja Samstag war und sie kuschelte sich nochmal in ihr Bett. Kurz darauf hörte sie ihre Mutter rufen „Cosma". Melanie verdrehte die Augen. Manchmal dachte sie, dass sie vielleicht doch aus ihrem Elternhaus ausziehen sollte, aber die wenigen Male die sie dieses Thema vorsichtig versucht hatte anzusprechen, hatten ihre Eltern verständnislos reagiert. Warum sollte sie Geld für eine Wohnung ausgeben, wo sie doch hier ihr eigenes Reich hatte und so viel Geld sparen konnte. Ihr „eigenes Reich"; Melanie fragte sich in den rebellischen Momenten ihres Lebens, welcher Teil dieses Reiches eigentlich ihr gehörte. Aber dann hatte sie sofort wieder ein schlechtes Gewissen; ihre Eltern waren wundervoll und kümmerten sich liebevoll um sie. Und wenn Melanie ehrlich war, was hätte sie alleine in einer kleinen Wohnung in der Stadt machen sollen? Da war es doch schöner, wenn sie und ihre Eltern immer füreinander da waren. Und in einem hatte ihr Vater Recht: Sie sparte viel Geld. Allerdings fragte sie sich manchmal wofür.

Nach dem Plan ihres Vaters könne sie sich dann später einmal ein eigenes Haus für sich und ihre Familie leisten. Ihre Familie. Wenn ihr Vater ihr erzählt hätte, dass sie eines Tages auf dem Mond wohnen würde, wäre es ihr nicht unwahrscheinlicher vorgekommen. Eine eigene Familie. Mit einem Mann der sie liebte. Woher sollte der kommen? Von unten tönte es lauter: „Nelly." Und Melanie rief genervter als beabsichtigt: „Ja, ich komm ja schon." Sie ging im Schlafanzug nach unten und das Frühstücksritual wiederholte sich, nur, dass Melanie heute nicht zur Arbeit ging. Sie überlegte gerade, ob sie das Bild, das sie gestern angefangen hatte heute zu Ende malen würde. Es war ein wundervolles Motiv. Der Strand von Kühlungsborn aus der Sicht der Bibliothek, wenn man direkt davorsaß. Melanie lächelte verträumt in sich hinein, als sie die Stille am Tisch bemerkte. Ihre Eltern sahen sie beide an. Melanie setzte sich schuldbewusst aufrechter hin und fragte: „Habe ich was verpasst?" „Deine Mutter," sagte ihr Vater grinsend, „hat dich gerade gefragt, ob du helfen kannst die Kuchen für das Kaffeetrinken heute und morgen vorzubereiten. Es ist doch Dorffest." Melanie entgleisten sämtliche Gesichtszüge. Das Dorffest! Das hatte sie ja total vergessen. Damit war ihr Tagesplan dahin und bestand jetzt spontan daraus, die eine Hälfte des Tages mit ihrer Mutter in der Küche zu stehen und die andere sich von den Nachbarn auf dem Dorffest die immer gleichen Fragen stellen zu lassen. „Wie geht's dir? Hast du einen Freund? Wann willst du endlich heiraten? Was macht dein Beruf? Wie stellst du dir deine Zukunft vor?" Melanie graute jedes Jahr vor dem Dorffest. Sie lebte hier und es war nicht so, dass die Nachbarn nicht live und in Farbe mitbekamen, dass sich in ihrem Leben gar nichts tat. Fast war Melanie ein bisschen ungehalten geworden, was beinahe ihre Eltern abbekommen hätten, aber als Melanie den Mund öffnete um zu antworten, begann draußen ein ohrenbetäubendes Hupkonzert. Ihr Vater stand auf und ging ans Fenster. Dann steckte er die Hände in die Hosentaschen und meinte in süffisantem Ton: „Ach guck mal an. Zur Feier des Dorffestes kommt das Sonntagsweibchen nach Hause." Das Sonntagsweibchen war Kathrin, eine Nachbarstochter, die vor ein paar Jahren eine Model-Casting-Show gewonnen hatte und nun recht erfolgreich im Modelgeschäft unterwegs war und die Welt bereiste. Die bunten Blättchen dieser Welt berichteten viel über sie und ihre Eltern wurden nicht müde zu versichern, dass kaum etwas von den Meldungen der Wahrheit entsprach. Melanies Eltern hingegen glaubten das meiste davon. Wenn es in den Zeitungen stand, dann musste es ja wahr sein. Zumindest funktionierte ihre Welt so. Melanie ging zu ihrem Vater ans Fenster und auch ihre Mutter folgte. Zu dritt standen sie dort und sahen, wie Kathrin aus ihrer Limousine ausstieg. Um 10 Uhr morgens sah sie in Jeans, Bluse und Turnschuhen schon so perfekt aus, dass sich Melanie in ihrem Nachtzeug mit vom Schlafen verwuscheltem Haar gleich noch kleiner vorkam. Kathrins Eltern umarmten sie und alle strahlten sich an. Kathrin ging zum Kofferraum ihres Wagens und ihr Vater half ihr, ihren Koffer heraus zu hieven. Melanies Vater zog einen Mundwinkel zu einem schiefen Lächeln hoch und sagte: „Ach sieh nur. Das Sonntagsweibchen kann ihren Koffer

nicht alleine aus ihrem großen Schlitten beför-
dern." Melanie sah fasziniert dem Schauspiel
zu und sagte ohne den Blick abzuwenden zu ihrem Vater: „Papa jetzt nenn sie nicht immer so,
sie hat einen Namen." Ihr Vater legte ihr einen
Arm um die Schultern und drückte sie kurz:
„Ich bin froh, dass du nicht so ein Sonntagsweibchen bist. So eine findet nie jemanden
zum Heiraten. Männer wollen Alltagsweibchen. So jemanden wie dich. Bodenständig und
verlässlich." Melanie spürte wie die Wut in ihr
hochstieg. Sie hätte ihren Vater anschreien
mögen. Sie wollte kein Alltagsweibchen sein.
Schon seit sie klein war hatte ihr Vater ihr klar
gemacht, was die „guten" Männer wollten. Bo-
denständige verlässliche Frauen für den Alltag
mit denen sich eine Zukunft aufbauen lies.
Schon als sie mit ihrem Vater noch Enten füt-
tern ging hatte er gesagt: „Sieh nur, die Natur
hat es schon so eingerichtet, dass sie die Weibchen zurückhaltend gemacht hat und der
Mann im Vordergrund steht. Er führt die Familie und die Frau bleibt im Hintergrund. Melanie
hatte das lange widerspruchslos hingenom-
men und auch jetzt sagte sie wieder nichts,

aber in ihrem Innern schrie alles. Sie wollte kein Alltagsweibchen sein. Sie wollte ein eigenes Leben für sich. Ja, sie wollte auch Familie aber nicht so wie ihr Vater sich das vorstellte. Was sprach dagegen sein eigenes Leben zu genießen? Erfolgreich zu sein, begehrt, gewollt? Melanie hätte schreien mögen oder weinen aber sie wandte sich einfach nur aus dem Arm ihres Vaters und sagte leise „Ich geh nach oben und mach mich fertig." Ihre Mutter rief ihr nach: „Kommst du mir gleich helfen?" Und Melanie sagte resigniert ja. Oben angekommen krümmte sie sich auf ihrem Bett zusammen und weinte.

3

Als sie am Nachmittag mit ihren Eltern zusammen auf dem Dorffest auf Kathrin traf, war von den Tränen nichts mehr zu sehen. Sie sah, wie ihr Vater ihr beim Losgehen bestätigte „adrett" aus und als sie jetzt neben Kathrin stand fühlte sie sich auch so: Adrett. Spießigkeit und Lang-weiligkeit drangen aus jeder ihrer Poren. Mela-nie lächelte und ihre Eltern wurden schnell von Nachbarn auf den ersten „Kurzen" des Tages entführt. Melanie sah Kathrin an und sagte: „Na, wie geht's dir?" Und Kathrin lachte und sagte: „Rot- oder Weißwein? Und wo können wir hin um dem hier zu entgehen?" Dann lach-ten sie beide. Schließlich saßen sie mit zwei Fla-schen Rotwein in Melanies Kleckerbude und Kathrin staunte nicht schlecht. Melanie war Al-kohol nicht gewohnt und nachdem sie die erste Flasche geleert hatten, fing sie an Kathrin ihre Bilder und Postkarten zu präsentieren. Anfangs kam sie sich albern vor, aber Kathrin schien sehr beeindruckt. „Na ja, das ist natürlich alles nichts, gegen das, was du geleistet hast," sagte Melanie, und Kathrin lachte und meinte: „Ge-leistet? Ich habe nicht wirklich etwas geleistet. Ich habe einen Job der mir viel abverlangt und vieles ermöglichst, aber sieh doch genau hin! Es geht nur um mein Äußeres. Schön sein ist keine Schande, aber wenn man in meinem Be-ruf arbeitet ist es nur ein Wert, ein Rohstoff der erhalten werden will. Ich werde oft bewertet wie ein Pferd. Sind die Zähne weiß, wieviel wiegst du? Du bist ein bisschen fett geworden. Ich kenne kaum etwas von den Städten in die ich Reise, außer den Hotelzimmern und den Fitnessräumen. Es ist nicht so toll, wie es von außen vielleicht aussieht. Aber was ist mir dir, Melanie? Du hast doch alle Möglichkeiten." Es war vermutlich der Wein, der Melanie so ehrlich antworten ließ, denn sie sagte: „Alle Möglichkeiten? Mein Leben fühlt sich an, als wäre ich lebendig begraben. Okay, der Friedhof auf dem ich liege ist nicht der schlechteste, aber mein Leben könnte kaum toter sein." Kathrin machte eine weitausholende Bewegung und zeigte auf Melanies Malsachen. „Und das hier? Ist das alles nichts? Melanie, das ist ein Talent! Und zwar eines, das nicht jeder hat. Mach doch was daraus. Du hast nur ein Leben." Noch bevor Melanie antworten konnte hörten sie von draußen lautes Rufen. Nach Kathrin wurde gesucht. Die beiden Frauen standen auf, sahen sich an und Kathrin umarmte Melanie und sagte leise: „Danke! Das war der schönste Abend seit langem." Dann ging sie in Richtung Ausgang und noch bevor sie an dem Tor nach draußen angekommen war leuchtete wieder ihr professionelle Lächeln auf ihrem Gesicht. Melanie blieb alleine zurück. Hatte Kathrin das ernst gemeint? Fand sie wirklich, dass Melanie ein besonderes Talent hatte? Es fiel ihr so schwer zu glauben, dass man aus ihrem „Hobby" einen Beruf machen könnte. Aber tief in ihrem Inneren fühlte sie, dass das Leben darauf wartete, dass sie endlich anfing; anfing zu leben, und zwar das Leben, das sie führen wollte.

Am Montagmorgen als der Wecker klingelte fühlte sich der Samstagabend mit Kathrin an, wie von einem anderen Stern. Melanie hatte den ganzen Sonntag verkatert vor dem Fernseher verbracht und alles als eine Weinlaune abgetan. Gegen Abend gab es dann draußen wieder ein großes Hallo als Kathrin wieder abfuhr, Melanie stand am Fenster und war überrascht, als Kathrin vor dem Einsteigen in ihren Wagen zu ihrem Fenster hinaufsah und ihr eine Kusshand zuwarf. Melanie hob zögernd die Hand, winkte zurück und lächelte. Sie hatte das Gefühl gehabt, etwas Entscheidendes hätte sich in ihrem Leben verändert. Jetzt an diesem ganz normalen Montag, hatte sie das Gefühl nicht mehr. Alles war wie immer.

Melanies Gedanken kreisten noch immer um das Wochenende und sie sah ihn erst, als er sich auf den Vierer-Platz auf der anderen Seite vom Gang setzte. Wie auch beim letzten Mal, sah er zu ihr herüber. Noch zwei Stationen, dann stieg sie aus. Er stand auf, es hatte den Anschein, dass er sie ansprechen wollte. Melanie stand auch auf und wollte sich schon auf den Weg zur Tür machen. Der junge Mann passte einen Moment nicht auf und wurde von einem den Gang durchquerenden anderen Fahrgast angerempelt, der ihn lautstark zurechtwies, obwohl eigentlich beide die gleiche Schuld an dem Zusammenstoß traf. Der junge Mann stammelte etwas und Melanie erfasste spontan Mitleid. Er erinnerte sie in unangenehmer Weise an sie selber. Als seine Augen wieder nach ihr suchten, war es allerdings mit ihrem Mitleid vorbei. Die Bahn hielt, es war ihre Station. Sie stieg übertrieben hektisch aus, wie viele andere Fahrgäste auch und der junge

Mann hatte Mühe es zur Tür zu schaffen. Melanie flüchtete bereits die Treppe hinunter und sah nicht mehr, ob er es aus der Bahn geschafft hatte. Melanie kam außer Atem unten an der Treppe an. Warum rannte sie eigentlich vor ihm weg? Sie kannte ihn nicht. Er hatte ihr nichts getan, war nicht aufdringlich. Ob er sie wirklich ansprechen wollte? Was sprach dagegen? Melanie wusste es nicht. Wie gewöhnlich stand sie wieder hinter dem Ampelpfeiler an der großen Kreuzung. Ihr Atem beruhigte sich gerade, da überschlugen sich die Ereignisse. Aus dem Augenwinkel sah sie den jungen Mann, zeitgleich hörte sie quietschende Reifen und sah wie ein Auto auf sie zuschoss. Wie sie es sich so oft vorgestellt hatte, rammte das auf sie zurasende Auto nicht sie, sondern den Ampelpfeiler und gerade als sie dachte, dass sich an diesem Wochenende doch etwas geändert hatte und sie jetzt auf die Sonnenseite der Glückskinder gewechselt hatte, wurde sie unsanft und völlig ungeahnt zu Boden gerissen. Bevor ihr Kopf auf dem Asphalt aufschlug und sie ohnmächtig wurde, sah sie noch das hektische Gesicht des jungen Mannes, der ihr offenbar zur Hilfe kommen wollte. Und Melanie wurde klar, dass der Moment des Glückskindes nur kurz angehalten hatte.

4

Melanie erwachte mit einem seltsamen Gefühl und es dauerte einen Moment bis ihr klar wurde, was anders war: Die schwarze Wolke über ihrem Kopf war verschwunden. Sie fühlte sich ruhig, entspannt und positiv gestimmt. Sie saß in einer Art Wartezimmer in dem alles weiß war. An der Stirnseite gab es ein großes Fenster und Melanie traute ihren Augen kaum. Sie sah auf einen traumhaften Strand und ein Meer-Panorama. Die Sonne färbte den Himmel rosa, es war ein wundervolles Bild. Melanie hatte Lust rauszugehen und einen Spaziergang zu machen bis ihr klar wurde, dass sie keine Ahnung hatte wo sie eigentlich war.

Eine Tür, die sie bisher noch nicht bemerkt hatte öffnete sich und es erschien ein älterer Herr in einer Art Kittel, so dass Melanie spontan vermutete, dass der Mann Arzt war. Jetzt fiel ihr auch wieder der Unfall ein. War sie im Krankenhaus? Der Mann lächelte sie an und sagte: „Komm doch herein." Melanie lächelte ebenfalls, stand wortlos auf und ging an dem Mann vorbei in dessen Büro. Auch hier war, genau wie in dem anderen Raum alles in weiß gehalten und die Aussicht war ebenso atemberaubend wie in dem Raum, in dem sie gerade gewesen war. Sie blieb stehen und sah hinaus. Der Mann stellte sich neben sie und sagte: „Ich sehe, es gefällt dir. Ist es so, wie du es dir vorgestellt hast?" Melanie wollte antworten, doch dann traf es sie wie ein Schlag und sie bekam keine Luft. Diese Aussicht sah exakt aus, wie die von der sie immer geträumt hatte. Sogar die beiden Strandkörbe in der Ferne, die zwei Menschen, die am Strand spazieren gingen, alles war genauso, wie sie es sich immer erträumt hatte. Der Mann nickte und sagte ruhig: „Es ist verwirrend am Anfang, aber du wirst bald verstehen." Melanie schluckte und merkte, wie ihre Hände zitterten, sie traute sich nicht, die Frage zu stellen, die sich tiefer und tiefer in ihr Gehirn einbrannte und ohne, dass sie ein einziges Wort gesagt hatte, sagte der Mann: „Nein." Melanie sah ihn an und fragte leise und immer noch nach Atem ringend: „Nein, was?" Der Mann lachte leise und sagte: „Die Frage, die du stellen willst." Melanie wich einen Schritt zurück. Der Mann lächelte freundlich: „Stell die Frage, Melanie." Melanie konnte kaum ihre Tränen zurückhalten und obwohl er die Antwort vorweggenommen hatte, traute sie sich kaum die Worte auszusprechen: „Bin ich tot?" Der Mann legte ihr väterlich eine Hand auf die Schulter und wiederholte seine Antwort: „Nein, Melanie, du bist nicht tot." Melanie schluckte die Tränen hinunter: „Aber wo bin ich?" Der Mann sah sie ernst an und sagte: „Du bist auf dem für dich vorgesehenen Weg, aber du hast gerade eine kleine Pause eingelegt und du selbst wirst entscheiden, wie und wann es weitergeht. Sei besonnen mit deiner Entscheidung, aber nimm dir nicht zu viel Zeit. Es gibt einen festgelegten

Zeitraum in dem du entscheiden kannst. Danach werde ich entscheiden, nur wirst du nicht wissen, wann dieser Zeitraum abläuft. Das sind die Regeln." Melanie nickte und der Mann führte sie durch eine weitere Tür in einem Raum der für eine unbestimmte Zeit ihr gehören sollte. Er war ebenfalls weiß und Melanie dachte sich gerade, dass ein paar bunte Blumen dem Raum nicht schaden könnten, als sie am Fenster eine üppige Hängeampeln mit Petunien entdeckte, die so groß war, dass sie sie unmöglich hatte übersehen können. Sie hörte den Mann hinter sich leise lachen. „Mach es dir gemütlich. Mach es dir so, wie du es dir wünscht." Melanie sah ihn fragend an und langsam fing sie an zu verstehen: „Ich mache es mit meinen Gedanken?" Der Mann nickte und sagte: „Ja, und vor allem machst du es mit deinen Träumen. Ich lasse dich jetzt alleine. Wenn du mit mir sprechen möchtest, dann klopfe an diese Tür." Es gab noch zwei weitere Türen und Melanie zeigte auf eine Tür und sagte: „Was ist dort?" Der Mann schüttelte den Kopf und sagte: „Diese Tür ist für dich tabu. Vorerst. Wenn du diese Tür öffnest gibt es kein zurück. Diese Tür allerdings," er zeigte auf eine weitere Tür, „führt zu einem Raum in den du jederzeit gehen kannst." Er führte sie in einen weiteren Raum. Hier war alles so weiß, dass Melanie die Stühle die dort standen kaum sah und es gab eine weitere Tür. Der Mann drückte einen Knopf neben der Tür durch die sie gekommen waren und Melanie vermutete, dass es eine Art Lichtschalter war. Zunächst passierte nichts aber ganz langsam hörte Melanie ein leises Piepen, das nach und nach lauter wurde. Rhythmisch und unaufhörlich hörte sie das Piepen und eine Art Pumpen, es zischte. Melanie konnte das alles nicht wirklich einordnen und dann sah sie ein Bild, das wie auf einer riesigen Leinwand ihr gegenüber erschien. Sie sah ihre Mutter. Sie weinte. Warum weinte ihre Mutter? Das Bild wurde deutlicher und Melanie wurde klar, dass ihre Mutter im Krankenhaus war. Das erklärte auch die Geräusche. Melanie bekam einen Schreck: War ihrem Vater etwas passiert? Oh, nein, das durfte nicht sein, sie musste sofort zurück. Melanie drehte sich um und wollte dem Mann sagen, dass sie zurückmusste. Er drehte sie mit sanftem Druck zurück und Melanie sah, dass das Bild größer wurde und jetzt konnte sie auch sehen, an wessen Bett ihre Mutter saß. Melanie ging ungläubig einen Schritt weiter auf das Bild zu und kniff die Augen zusammen um besser sehen zu können. Das konnte doch nicht sein. Das was sie dort sah, konnte nicht sein. Melanie flüsterte ungläubig: „Das bin ja ich. Aber ich bin doch hier!" Melanie sah ungläubig an sich herunter; ja, sie war hier. Und doch war sie es offenbar nicht. Melanie starrte auf ihre Mutter und auf ihren eigenen Körper, der dort im Krankenhausbett lag und über und über von Schläuchen und Maschinen umgeben lag und fragte: „Wo bin ich hier?" Der Mann schob Melanie zu den Stühlen und setzte sich mit ihr gemeinsam. „Es ist schwer zu erklären. Stell es dir als eine Art Verbindung vor. Es ist noch nicht endgültig entschieden. Noch ist alles möglich." Melanie konnte den Blick nicht von ihrer Mutter wenden: „Bitte! Kann ich nicht wenigstens mit ihr sprechen und ihr sagen, dass es mir gut geht? Der Mann schüttelte bedauernd den Kopf. Bestimmt sagte Melanie „Ich möchte zurück! Ich möchte zu meiner Mutter, zu meinen Eltern."

Er zeigte auf die Tür neben dem Bild der wie ein Film vor ihnen ablief. „Geh einfach durch diese Tür und du bist wieder in deinem Leben. Dann ist alles wieder wie vorher." Melanie war bereits aufgestanden und hatte mit großen Schritten den Raum durchquert als sie plötzlich stoppte. Sie hatte die Hand bereits auf der Türklinke, zögerte aber diese herunter zu drücken. „Alles wird wieder wie vorher." Melanie dachte über dieses unglaubliche Gefühl nach, das sie hier hatte. Die dunkle Wolke war verschwunden. Der Mann hatte gesagt, sie könne sich hier ihr Leben so machen, wie sie es sich erträumte. Melanie wusste, dass es egoistisch war, aber sie drehte der Tür und auch dem Bild ihrer Mutter den Rücken zu und sagte zu dem Mann. „Ich möchte hierbleiben, vorerst." Das Piepen verschwand und als Melanie sich umdrehte, war auch das Bild ihrer Mutter am Krankenhausbett verschwunden. Der Mann nickte und brachte sie zurück in den Raum mit den Petunien. „Ich lasse dich jetzt alleine. Du musst sicherlich über vieles Nachdenken und du willst dich sicherlich auch noch einrichten." Melanie war zerrissen zwischen dem, was sie in dem Raum eben gesehen hatte und der Vorfreude darauf ihr Leben, wie es sich jetzt gerade anfühlte auszukosten. Es war so verlockend und Melanie entschied, dass sie heute nichts mehr unternehmen würde. Der Mann nickte ihr noch kurz zu und verließ ihren Raum. Melanie fühlte sich müde und dachte, dass sie jetzt gerne etwas schlafen würde. Kaum hatte sie den Gedanken zu Ende gedacht erschien ihr ein mit einem Baldachin abgeschirmtes Lounge Bett, das auf dem wundervollen Strand stand. Melanie ging die Treppe hinunter, die sie bisher nicht bemerkt hatte, öffnete die Tür und ihr schlug warme Meeresluft entgegen. Sie hörte das Geschrei von Möwen und fühlte sich leicht, glücklich und angekommen. Sie legte sich auf das Bett und machte es sich mit den Kissen bequem. Kaum, dass sie sich hingelegt hatte war sie auch schon eingeschlafen.

Als Melanie wieder erwachte war es dunkel. Sie sah nicht weit entfernt am Strand ein Lagerfeuer und hörte Musik. Sie stand auf, sah an sich herunter und dachte, sie würde gerne hinübergehen, aber sie hatte nicht die passende

Kleidung an. Als sie abermals an sich hinabsah trug sie ein wundervolles schulterfreies Sommerkleid und in ihrer Hand trug sie Sandalen, die perfekt zu ihrem Kleid passten. Sie ging hinüber.

Melanie stand an ihrer Staffelei und malte. Sie malte jetzt jeden Tag seit sie hergekommen war. Sie hatte jegliches Zeitgefühl verloren aber sie fühlte sich so glücklich wie noch nie in ihrem Leben. Jeder Tag war glücklich. Jetzt nicht so glücklich, dass sie ständig hätte hüpfen wollen, aber die sie ständig begleitende Wolke war aus ihrem Leben verschwunden. Jeden Morgen wachte sie auf und prüfte kurz, ob sie wieder da war, aber sie kam nicht zurück. Melanies Leben war erfüllt von Zuversicht und Leichtigkeit. Alles war so selbstverständlich hier. Wenn sie wollte ging sie hinaus an den Strand und traf andere Menschen. Wenn sie einen einsamen Spaziergang machen wollte, dann traf sie keine Menschen. Jeder Tag war einzigartig und wie Kostbarkeiten, die man in kleinen Schachteln sammelte, damit sie nicht verloren gingen. Einzig die Tage an denen sie der Mann abholte und sie in den Raum führte, in dem sie in ihr Krankenzimmer sehen konnte, waren von Schwermut erfüllt. Sie sah ihre Mutter und ihren Vater dort sitzen. Ihre Mutter weinte nicht mehr so viel wie am Anfang aber Melanie hatte Schuldgefühle. Mehr als einmal hatte sie versucht mit ihrer Mutter oder ihrem Vater in Kontakt zu treten, doch sie konnten sie nicht hören. Melanie war zerrissen zwischen dem Wunsch, ihre Eltern wieder glücklich zu sehen und dem Traum, den sie hier lebte. Sie wusste, es war ein Traum auf unbestimmte Zeit. Melanie war nicht dumm. Ihr war klar, dass wenn sie nicht rechtzeitig zurückging, der Mann ihr irgendwann die Tür zur nächsten Stufe öffnen würde. Zu einer Zeit nach ihrem Leben. Davor hatte Melanie Angst. Was würde sie dort erwarten? Manchmal dachte sie, dass der Tod vielleicht gar nicht so schlimm wäre, wenn er sich so anfühlte wie das Leben hier. Aber dann sah sie wieder ihre Mutter weinen und dachte, dass sie ihr das nicht antun konnte. Sie würde zurückgehen, nicht heute, aber sie würde zurückgehen, irgendwann. Sie hoffte nur, dass sie sich nicht zu spät entscheiden würde, aber noch konnte sie das Leben hier nicht aufgeben. Gerade sah sie, wie ihre Mutter aufstand und sie kurz auf die Stirn küsste. Sie sagte ihr, wie sehr sie sie liebte und dass sie morgen wiederkommen würde. Melanie streckte die Hand nach ihrer Mutter aus, doch sie berührte nur die kalte Wand. Ihre Mutter verließ ihr Zimmer und Melanie weinte bitterlich. Sie hatte den Kopf in den Händen vergraben und sah nicht, wie sich die Tür des Krankenzimmers wieder öffnete. Sie bemerkte nicht das kleine Mädchen, das vielleicht vier oder fünf Jahre alt sein mochte und das jetzt an ihrem Krankenbett stand und sagte: „Du musst nicht weinen." Melanie schluchzte, sah kurz in Richtung Krankenbett und sagte: „Du hast ja keine Ahnung." „Habe ich wohl," sagte die Kleine trotzig, und Melanie wollte ihr gerade widersprechen, als ihr klar wurde, dass die Kleine sie offenbar hören konnte. Melanie blickte sie ungläubig an und wischte sich die Tränen vom Gesicht. „Kannst du mich hören?" Die Kleine verdrehte kurz die Augen und sagte in einem altklugen Ton: „Klar, kann ich das."

Melanie war verwirrt und glücklich gleichzeitig: „Warum kannst du mich hören und meine Mutter nicht?" Die Kleine drückte ihren Teddy an sich und sagte leise: „Ich war schon dort, wo du jetzt bist. Zweimal." Die Kleine sah Melanie wortlos an und zog sich die Mütze, die Melanie für ein schickes Accessoires gehalten hatte vom Kopf. Darunter war eine Glatze zu sehen. Melanie schluckte. Die Kleine sagte: „Ich bin zurückgekommen. Schon zweimal. Zu meiner Familie. Beim zweiten Mal war ich nicht so sicher, ob ich wirklich zurückgehen sollte. Es ist schön dort, wo du bist." Melanie nickte wortlos. „Erzähl mir, was du siehst? Was tust du, dort?" Melanie erzählte begeistert vom Strand, vom Meer, von den Menschen die sie traf, von den wundervollen Abenden, die sie am Strand verbrachten." Melanie sah Enttäuschung in den Augen der Kleinen. Irritiert fragte sie: „Wie heißt du eigentlich?" Die Kleine lächelte und sagte: „Sophie." Melanie lächelte auch und meinte, dass das ein sehr schöner Name sei. „Was machst du dort sonst noch?" fragte Sophie und Melanie dachte kurz nach und meinte: „Hm, ich mache nicht viel, meistens male ich. Was hast du denn hier gemacht." Sophie sah sie an und sagte. „Ich hatte einen fliegenden Elefanten auf dem ich geritten bin. Er hieß Paul, wie mein großer Bruder. Hast du Paul schon bei dir gesehen?" Melanie lachte und bemühte sich sehr nicht an einen fliegenden Elefanten zu denken: „Nein, den habe ich hier noch nicht gesehen." Plötzlich öffnete sich die Tür des Krankenzimmers und eine Krankenschwester erschien: „Sophie! Ich habe dich schon überall gesucht. Du hast Besuch. Und ich habe dir schon 1000 Mal gesagt, du sollst nicht immer in die Zimmer der anderen Patienten gehen," sie versuchte streng zu klingen, aber man konnte das unterdrückte Lächeln hören, als Sophie sagte: „Das waren höchstens 970 Mal". Jetzt lachte die Schwester „Du bist so ein Naseweis. Komm Sophie, deine Mama und dein Bruder warten." Sophie fing an zu hüpfen und sag ein selbsterdachtes Lied, dass nur aus dem Wort „Paul" bestand. Sie rannte zur Tür, stoppte nochmal kurz, drehte sich um rief: „Ich komme wieder. Ach ja, ich habe dich gar nicht gefragt, wie du heißt?" Die

Schwester schüttelte bedauernd den Kopf „Das kann sie auch nicht. Sie heißt Melanie und liegt im Koma, seit sie einen Unfall hatte." Sophie winkte Melanie zu und sagte dann zur Schwester: „Sie kommt zurück. Bestimmt. Aber sie braucht noch Zeit." Die Schwester lachte jetzt aus vollem Herzen und sagte: „Klar, Dr. Sophie, vielen Dank für die Diagnose." Die beiden verließen das Zimmer und Melanie bleib noch eine Weile in dem Raum sitzen. Hatte Sophie recht? Würde sie zurückgehen? Sie dachte an das traurige Gefühl, das sie bisher immer begleitet hatte und ihr trostloses Leben, in dem nichts passierte, außer, dass die Zeit verging. Und trotzdem war es irgendwie komisch, dass Melanie hier genau das am meisten fehlte. Die Zeit. Zeit spielte hier keine Rolle. Es war Tag, wenn sie wollte, Nacht, wenn sie wollte. Sie schlief aß, las, malte oder was immer sie wollte, wann immer sie wollte. Anfangs war es reizvoll gewesen, jetzt war es irgendwie, Melanie suchte nach einem Wort, aber ihr fiel keines ein. Es war wie ein Bild ohne Rahmen, es war unendlich, aber auch ohne Fokus. Melanie hatte nicht gehört, dass sich die Tür geöffnet hatte und der Mann hereingekommen war. Sie erschrak, als er sie ansprach. „Hallo Melanie. Geht es dir gut? Hast du schon eine Entscheidung getroffen?" Melanie überlegte kurz und dachte an ihre Mutter, ihren Vater und an Sophie. Sie schüttelte den Kopf und sagte dann mit mehr Unsicherheit als die letzten Male, als er diese Frage gestellt hatte: „Nein, ich habe mich noch nicht entschieden."

Melanie ging zurück in ihr Zimmer und sah aus dem Fenster. Es waren dunkle Wolken am Himmel zu sehen. Das hatte es noch nie gegeben, seit sie hier war. Den fliegenden Elefanten allerdings sah sie heute auch zum ersten Mal. Melanie lachte. Kinder. Einfach großartig. Sie konnte sich förmlich vorstellen, dass Sophie hier wie im Schlaraffenland gelebt hatte. Eis und Schokolade in Massen. Wahrscheinlich hatte sie ihr eigenes Pferd gehabt, natürlich Paul den fliegenden Elefanten, der so hieß, wie Sophies Bruder und wie Melanies Vater. Warum also war sie aus der so perfekten Welt zurückgegangen? Zweimal schon. Melanie nahm sich vor, Sophie zu fragen, falls sie sich nochmal trafen.

Melanie ging jetzt häufiger in das Zimmer und sah, wie ihre Mutter sie besuchte. Ihr Vater, Nachbarn, Kollegen und sogar Kathrin kam sie besuchen. Melanies Vater quittierte das prompt mit der Bemerkung, dass er nicht gedacht hätte, dass das Sonntagsweibchen dafür Zeit hatte. Melanie verdrehte die Augen: Typisch ihr Vater. Es lebe das Vorurteil. Der Abend, den sie mit Kathrin in der Kleckerbude verbracht hatte, war einer der Besten seit langem. Sie hatte sich lebendig gefühlt. Sie hatte sich ein bisschen gefühlt, wie sie sich hier fühlte, aber sie war sich nicht sicher, ob das am Rotwein gelegen hatte.

Kathrin saß lange an ihrem Bett und erzählte ihr von ihren Shootings. Von dem Fotografen, der jedem Klischee entsprach und versucht hatte, sie ins Bett zu kriegen. Kathrin lachte und erzählte, sie wäre auch beinah schwach geworden, aber sie hatte in Paris René kennengelernt. „Ich weiß, auch so ein Klischee. Verliebt in der Stadt der Liebe. Aber jetzt halt dich fest: René kommt aus Hannover. Ist das nicht der Hammer? Da lernt eine Hamburgerin einen Hannoveraner in Paris kennen. Ist das unglaublich oder ist das unglaublich?!" Obwohl Melanie wusste, dass Kathrin sie nicht hören konnte, antwortete sie. Sagte ihr, wie sehr sie sich freue, dass sie so glücklich ist und René auch gerne kennenlernen würde. Und es stimmte. Melanie würde René gerne kennenlernen.

Nachdem Kathrin gegangen war, dachte Melanie daran, dass ihre Mutter ihr neulich erzählt hatte, dass sie eine neue Marmelade kreiert und sie Cosma genannt hatte. Dann hatte ihre Mutter geweint und Melanie hatte auch geweint. Sie verstand sich selbst nicht. Sie hatte hier alles, was sie wollte, aber ihr fehlte auch so vieles. Sie war hier nicht alleine. Sie traf Menschen wann immer sie wollte und verbrachte eine schöne Zeit mit ihnen. Aber Melanie war auch klar, dass das alles nicht real war;

sie sah die Menschen mit denen sie Zeit verbrachte nie zweimal, dass fand sie mittlerweile sehr schade. Die Zeit schien irgendwie stillzustehen. Es entstanden keine Beziehungen. Hier nicht. Aber sie hatte sich jetzt schon mehrmals mit Sophie unterhalten, die tatsächlich wiedergekommen war um sie zu besuchen. Sophie war Melanies andere Welt. Eine Welt in der die Zeit verging. Sophie kam fast täglich und sie unterhielten sich über die seltsame Welt, in der sie beide gerade lebten. Sophies Krankenhauswelt war für sie genauso surreal, wie Melanies Welt hier. Melanie hatte mittlerweile jedes Zeitgefühl verloren, aber es kam ihr so vor, als wäre seit dem letzten Besuch von Sophie bereits viel Zeit vergangen. Melanie saß in letzter Zeit oft bei sich selber im Krankenzimmer und wartete auf Sophie. Aber sie kam nicht. Dafür verbrachte sie viel Zeit damit den Geschichten ihrer Mutter zu lauschen.

Eines Tages, ihre Mutter war gerade gegangen, öffnete sich die Tür und Sophie kam herein- Melanie freute sich sehr, allerdings sah Sophie sehr krank aus. Sie sprach nur schleppend und erzählte, dass es ihr nicht gut gehe. „Ich glaube nicht, dass ich in nächster Zeit herkommen kann," flüsterte Sophie. Melanie tat die Kleine leid, sie hätte sie gerne umarmt, aber das war unmöglich. Sie hatten nur ein paar Minuten Zeit, bis sich die Tür öffnete und die Schwester kam um Sophie wieder in ihr Bett zu bringen. Sie tat, als würde sie sie zurechtweisen, aber als sie Sophie auf den Arm nahm, sah Melanie ihren besorgten Gesichtsausdruck. Melanie hoffte, dass es Sophie bald besser gehen würde.

Melanie saß in dem Raum in dem sie angekommen war, doch dieses Mal saß sie dort nicht alleine. Nach und nach wurden alle aufgerufen und in verschiedene Räume geführt. Einige kamen danach zurück in das Zimmer, andere sah Melanie nie wieder. Als sie aufgerufen wurde, führte man sie in den Raum, in dem sie ihr Krankenbett sehen konnte. Bis auf die piependen Geräte um ihr eigenes Bett war der Raum leer. Melanie sah sich selber an, und beobachtete, wie die Maschinen ihren Brustkorb mit

Luft füllten und diese wieder entweichen ließen. Ihr Kopf war gedankenleer. Plötzlich
schob sich eine kleine Hand in ihre und als Melanie nach unten sah stand dort Sophie. Ihr
ging es offenbar wieder gut, denn sie sah so gesund aus, wie Melanie sie noch nie gesehen
hatte und sie hatte wundervolle lange blonde
Haare. Spontan beugte sich Melanie hinter und
drücke Sophie an sich. „Ich bin so froh dich zu
sehen", sagte Melanie, und Sophie sagte: „Ja,
ich wollte unbedingt noch zu dir, bevor ich wei-
termuss." Jetzt erst bemerkte Sophie den alten
Mann, der auch sie in diesen Raum gebracht
hatte. Er wies Sophie freundlich und sanft die
Tür durch die sie gehen sollte. Melanie stockte
der Atem. Das konnte er doch nicht machen.
Das war die Tür, durch die Melanie auf keinen
Fall gehen sollte. Alles dahinter war nicht mehr
von dieser Welt. Dort wartete etwas, von dem
niemand wusste, was es ist. Er konnte doch Sophie nicht dort hinschicken. Der Mann nickte,
obwohl Melanie kein Wort gesagt hatte. Sie
umarmte Sophie erneut. Sophie nahm Melanies Gesicht in die kleinen Hände und sagte zu
ihr: „Ich muss jetzt gehen. Ich sollte gar nicht

mehr hier sein, aber ich hatte mir so gewünscht dich zu sehen." Erst als Sophie sagte. „Nicht weinen." fühlte Melanie die Tränen auf ihrem Gesicht. „Meine Zeit ist vorbei", sagte Sophie und Melanie weinte und sagte nur hilflos: „Nein!!". Aber Sophie nickte bestimmt und sagte: „Doch! Meine Zeit ist vorbei. Aber deine muss es noch nicht sein." Melanie rang um Fassung sagte zu Sophie: „Aber was soll ich denn dort. Dort ist alles so trostlos." Mit der Logik einer fünfjährigen sagte Sophie ernst: „Dort ist es wie hier. Du kannst alles haben, was du dir erträumst. Du musst es nur tun. Du hast ein ganzes Leben für dich alleine. Das kannst du doch nicht wegwerfen." Melanie stellte Sophie wieder sanft auf den Boden und sagte. „Ja, du hast Recht. Es ist mein Leben und ich kann tun, was immer ich möchte." Sophie strahlte und sagte: „Dann wird es wunderschön. Und wenn du Paul triffst, dann grüß ihn ganz lieb von mir." Sie zog sanft ihre kleine Hand aus Melanies, nickte dem alten Mann zu und ging dann mit kleinen Schritten, jedoch ohne zu zögern auf die Tür zu. Melanie wollte nicht hinsehen, aber Sophie war schon verschwunden, bevor die Tür sich geöffnet hatte. Melanie brach weinend zusammen und der alte Mann kam zu ihr. „Das ist der Weg, den alle einmal gehen, wenn ihre Zeit gekommen ist. Ob deine gekommen ist oder nicht, entscheidest du im Moment noch." Melanie sprang auf und rannte in ihr Zimmer. Sophie war tot. Fünf Jahre alt und einfach tot. Und sie saß hier mit einem Füllhorn von Möglichkeiten und bedauerte sich selbst. Wut und Angst kämpften in ihr. Sie sah auf den Strand hinaus, sah das Meer und fasste einen Entschluss.

„Hier ist das Krankenhaus Bergedorf, Schwester Nina. Ich wollte ihnen nur mitteilen, dass ihr Tochter Cosma-Melanie wieder aufgewacht ist."

Sie hatte sich nicht zufällig einen Zeitpunkt für ihre Rückkehr ausgesucht, zu dem ihr Zimmer leer war. Sie wollte alleine ankommen. Ihre Ankunft hatte nichts Magisches, sondern war von dem sehr irdischen Gefühl begleitet nicht atmen zu können und am Würgen zu ersticken.

Nach und nach wurde sie die Geräte los und kehrte ins Leben zurück. Es war nicht ganz so einfach, wie sie es sich gedacht hatte, aber ihre Eltern waren die ganze Zeit bei ihr. Der Arzt, der als erstes mit ihr sprach sagte: „Hallo Cosma-Melanie, schön, dass sie wieder bei uns sind." Ihre Mutter sagte aus dem Hintergrund unter Tränen: „Nur Melanie bitte. Sie hat Cosma nie leiden können." Und das erste, was Melanie sagte war: „Bitte nennen sie mich Cosma."

5

Wenn es nach ihren Eltern gegangen wäre, hätten sie Cosma direkt in die Reha-Klinik gefahren, aber Cosma hatte widersprochen. Das war nicht nur für ihre Eltern neu, auch für Cosma fühlte es sich seltsam an. Aber sie hatte sich fest vorgenommen etwas zu verändern in ihrem Leben. Wann immer Cosma dachte, dass es eh unmöglich wäre, denn sie wollte ihre Eltern nicht vor den Kopf stoßen, sie wollte sich nicht unbeliebt machen, sie wollte nicht anecken oder welche Ausreden auch immer ihr einfielen, erschien ihr Sophie vor ihrem geistigen Auge und sie blieb am Ball. Es war nicht ganz so magisch, wie es immer in Filmen dargestellt wurde. Man veränderte sich nicht einfach mit einem Fingerschnipp. Melanie spürte, dass die Zeit im Koma sie verändert hatte. Selbst wenn sie gewollt hätte, sie konnte nicht mehr zurück in die Zeit davor, denn die Melanie, die sie gewesen war, war nicht mehr vorhanden. Sie war nicht mehr so kompromissbereit, oder, wie Stefanie es nannte mit der sie neulich telefoniert hatte: Sie war nicht mehr so flauschig. Sie war nicht mehr bereit widerspruchslos alles hinzunehmen, aber sich selbst zu verändern war ein wirklich anstrengender Prozess.

Als ihre Eltern sie nach Hause geholt hatten, hatte es sie als erstes in ihre Kleckerbude gezogen. Cosma fand dort noch eines der Weingläser, von ihrem Abend mit Kathrin. Sie nahm das Glas nachdenklich in die Hand und es fühlte sich an, als wäre das in einem anderen Leben gewesen. Sie ging von einem Bild zum anderen und betrachtete sie, als sähe sie sie zum ersten Mal. Sie erkannte eine Tiefe in den Bildern, die ihr bisher nicht klar gewesen war. Sie nahm den Bildband mit ins Haus und verbrachte den Abend alleine im Bett in ihrer Wohnung, obwohl ihre Eltern sie so gerne bei sich gehabt hätten. Sie konnte ihre Eltern verstehen. Sie wollten sich versichern, dass es ihr gut ging. Cosma wusste, wenn sie jetzt nicht anfing ihren eigenen Weg zu gehen, wo auch immer dieser überhaupt war, dann würde sie es nicht schaffen. Als der Arzt ihr mitteilte, dass sie einige Wochen in eine Reha-Klinik fahren würde, war Cosma erleichtert. Sie war sich sicher, dass sie etwas verändern wollte. Sie wusste noch nicht wie und was eigentlich auch nicht. Wenn sie ehrlich zu sich war, dann traute sich einfach nicht ihre Träume „laut" zu träumen.

Jetzt stieg sie also in den Zug, der sie in die Reha-Klinik bringen sollte. Sie umarmte ihre Eltern warm und herzlich und küsste ihre Mutter deren Augen voller Tränen standen. Cosma durchströmte ein glückliches Gefühl. Sie wusste, dass ihre Eltern immer zu ihr standen, auch wenn sie ab jetzt vieles ändern würde. Zumindest hoffte Cosma das, also, dass sie etwas ändern würde und, dass sie zu ihr stehen würden. Sie war jetzt auf der Suche. Fühlte sich manchmal hilflos ihrem Alltag ausgeliefert. Ihre Firma hatte schon vorsichtig angefragt, wann sie wieder zur Arbeit kommen würde und Cosma hatte festgestellt, dass der Gedanke in dieses Büro zurückzukehren ihr nicht gefiel. Er machte sie traurig.

Kathrin hatte ihr ein Paket für die Reha-Zeit geschickt. Alle Nachbarn und sogar die Kollegen hatten ihr Genesungspost oder -geschenke geschickt; Beschäftigung für die Reha. Cosma lachte beim Gedanken daran, dass sie bestimmt ein ganzes Jahr weder Duschgel mit „entspannenden Essenzen" noch POWER-Tee zu kaufen brauchte; auch Bücher hatte sie vorerst genug. Sie freute sich über die Aufmerksamkeiten, aber am meisten hatte sie über das Paket von Kathrin gelacht. Sie hatte ihr das Buch „Seelengevögelt" von Veit Lindau geschickt, vorsichtshalber gleich als Buch und als

Hörbuch. Daneben das obligatorische Duschgel, Tee und… Kondome. Laut Karte, die dem
Päckchen beilag, für den Kurschatten. Cosma
schüttelte lachend den Kopf. Sie hatte selten
so wenig einen Gedanken an Männer ver-
schwendet wie im Moment. Sie hatte in einem
Song von Mark Forster ihre Hymne gefunden,
weil der Text sie berührte und für sie einfach
ihre neue Lebensphilosophie war „Egal was
kommt, es wird gut sowieso. Immer geht ne
neue Tür auf, irgendwo. Leben ist Verände-
rung, im Blick nach vorn liegt Linderung". So
wollte sie ab jetzt denken. Positiv, dem Leben
zugewandt. Sie hatte noch keine Ahnung, was
für ein langer Weg vor ihr lag.

Die Zugfahrt dauerte nicht lange, sie musste
einmal umsteigen und nach knapp zwei Stunden war sie da. Bad Malente-Gremsmühlen.
Cosma ging die wenigen Meter vom Bahnhof
zur Klinik zu Fuß. Sie kam etwas außer Atem an
der Rezeption an, ihre Kondition ließ wirklich
noch zu wünschen übrig. Sie war nie sonderlich
sportlich gewesen, aber jetzt brachte sie ein
kleiner Fußmarsch wie dieser schon zum

Schnaufen. Sie hoffte, dass sie das hier ändern könnte. Sie bekam ein wirklich schönes Zimmer. Sie blickte zwar nicht auf den See, doch das war nicht so schlimm, fand sie. Die sympathische Hausdame der Klinik zeigte ihr alles Wichtige und erklärte ihr, dass sie einen eigenen Briefkasten im Eingangsbereich der Klinik habe. Dort würden alle sie betreffenden Informationen eingeworfen, wie zum Beispiel ihr Therapieplan. Heute an ihrem ersten Tag, sollte sie aber erstmal ankommen. Cosma ging auf ihr Zimmer zurück und packte ihren Koffer aus. Sie hatte sich ein paar Dinge von zu Hause mitgebracht, damit sie kein Heimweh bekam. Sie war noch nie so lange von zu Hause weggewesen. Außerdem fand sie, dass sie weder zu alt für Heimweh noch für ein Kuscheltier war. Glücklicherweise war ihr Kuscheltier als Wärmflasche getarnt, oder anders herum? Egal. Sie wollte alles tun, damit sie sich gut fühlte.

Nachdem sie ausgepackt hatte stand sie erstmal unschlüssig in ihrem Zimmer. Und jetzt? Eigentlich hätte sie gerne einen Spaziergang gemacht, aber sie kannte sich hier nicht aus und im Moment wusste sie nicht wie weit ihre Kräfte reichen würden. Aber wenn sie auf dem Klinikgelände blieb, sollte das kein Problem sein. Sie war im fünften Stock des Gebäudes untergebracht und an den Treppenhäusern motivierten Schilder die Patienten zu Fuß zu gehen. Cosma spürte ihren Ehrgeiz geweckt und nahm die Treppe. Es ging ja nach unten, das war nicht so anstrengend. Allerdings gab sie nach zwei Etagen wieder auf. Sie war trotzdem stolz auf sich. Das war nämlich ihr neues Ich. Sie lobte sich für Dinge, die sie tat und versuchte den Blick nicht darauf zu lenken, was nicht klappte. Früher hätte sie den drei nicht geschafften Stockwerken große Aufmerksamkeit geschenkt. Jetzt freute sie sich über die zwei geschafften.

Mit dem Fahrstuhl unten angekommen, empfing Cosma der Geruch von Mittagessen und mit Erstaunen stellte sie fest, dass ihr Magen knurrte. Sie ging den Schildern nach in Richtung Klinik-Restaurant. Eine zierliche Blondine nahm sie in Empfang und erklärte ihr, wie sie jeden Tag ihr Essen bekommen würde und wie sie es vorbestellen konnte per Computer, der im Eingangsbereich des Restaurants stand. Cosma war erstaunt darüber, wie modern hier alles war. Das Essen schmeckte wirklich lecker und es gab sogar einen Kaffeeautomaten mit Latte Macchiato. Luxus pur, wie Cosma fand. An dem ihr zugewiesenen Tisch saß niemand, was Cosma sehr angenehm fand. Einer ihrer guten Vorsätze für ihr neues Leben war, offener auf Menschen zuzugehen, doch für heute hatte sie schon genug geleistet. Sie hatte viel gelächelt und alle waren sehr nett zu ihr gewesen. Ihr neues Ich funktionierte ganz gut, aber Cosma war sich selbst noch oft fremd. Allerdings gefiel ihr die neue Cosma deutlich besser als die alte Melanie.

Sie setzte sich noch eine Weile in den Park der Klinik und versuchte an nichts zu denken. Wer schon mal bewusst versucht hat an nichts zu denken, weiß wie schwierig das ist. Als sie später wieder auf ihrem Zimmer angekommen war nahm sie sich das Buch, das ihr Kathrin mitgegeben hatte: „Seelengevögelt". Was für ein merkwürdiger Titel. Cosma wurde fast ein bisschen rot. Sie fing an zu lesen und musste ein paarmal die Tränen zurückhalten. „Wer sich aus der Menge herausbewegt, läuft Gefahr öfter getroffen zu werden." Cosma dachte darüber nach und kam zu der Erkenntnis, dass das etwas war, was sie immer dazu gebracht hatte, schön in der Menge zu bleiben. Sie wollte nicht getroffen werden. Sie wollte nicht verletzt werden, bewertet oder ausgelacht. Sie wollte schön mit dem Strom schwimmen, damit sie keiner sah. So war das gewesen, als er sie noch Melanie war; Cosma hatte da andere Ziele. Sie war immer noch derselbe Mensch, daran war nichts zu rütteln, aber sie hatte sich vorgenommen mehr zu riskieren. Alleine der Gedanke daran versetzte sie in Aufregung. Sie wollte Dinge erleben, neue Dinge, aufregende Dinge und ihr war klar, dass sie auch Fehler machen würde. Veit Lindau nannte diese Momente, die man bewusst im Hier und Jetzt erlebte, die satt waren an Farben und Emotionen, seelengevögelte Momente. Cosma konnte sich darunter in der Praxis noch nichts vorstellen, aber sie wollte viele dieser Momente erleben. Sie fühlte sich lebenshungrig und genoss dieses Gefühl. Es war so neu für sie, dieses Leben ohne ihre schwarze Wolke, die immer zu ihr gehört hatte. Doch jetzt war sie verschwunden und offenbar kam sie auch nicht wieder. Die ersten Tage nachdem Cosma aus dem Koma aufgewacht war, hatte sie noch argwöhnisch jeden Morgen überprüft, ob sie wieder da war, aber sie blieb verschwunden. Dafür war sie sehr dankbar, denn sie brauchte jede Menge positive Energie für ihr neues Leben, von dem sie selber noch nicht wusste, wie es aussehen sollte.

Beim Abendessen fühlte sie sich schon recht vertraut mit der Anmeldetechnik im Restaurant. Sie legte einfach ihre Karte, auf das Anmeldeterminal und man wusste, dass sie da war. Abends und morgens war das nicht so wichtig, da sie sich ihr Essen vom Büffet aussuchte, mittags hingegen bekam sie auf diese Weise das von ihr ausgesuchte Essen an ihren Platz gebracht. Cosma ging zu ihrem Tisch. Im Gegensatz zu mittags war der Tisch nicht leer. Zwei Männer und eine Frau saßen dort. Cosma ging mit klopfendem Herzen zum Tisch. Früher hätte sie sich mit gesenktem Blick an den Tisch gesetzt. Jetzt wollte sie wahrgenommen werden. Sie legte also ihre Restaurant-Karte auf ihren Platz, lächelte und sagte fröhlich: „Hallo, ich bin Cosma." Alle sahen kurz zu ihr auf nickten und murmelten ein Hallo und ihre Namen. Der jüngere der beiden Männer hieß offenbar Markus. Die restlichen Namen hatte sie nicht verstanden. Sie überlegte kurz ob sie nochmal nachfragen sollte, entschied sich aber dagegen. Vielleicht würde sich das im Laufe der Zeit noch ergeben. Sie ging zum Büffet und holte sich ihr Essen. Mit dem gefüllten Teller bewaffnet fühlte sie sich gewappnet ein Gespräch mit wildfremden Menschen zu beginnen. Sie atmete tief ein und sah schon von weitem, dass der Tisch leer war, sie zuckte mit den Schultern, dann eben nicht. War diese Aufgabe also auf morgen verschoben. So saß sie eine Weile schweigend über ihrem Abendbrot und stellte fest, dass es auch nicht das Schlechteste war nicht sprechen zu müssen. Gegen Ende der Mahlzeit kamen zwei Frauen an ihren Tisch die so viel schnatterten, dass sie Cosma zuerst gar nicht wahrnahmen. Plötzlich hielt die große Blonde inne und sah sie mit schräggelegtem Kopf an: „Na, guck mal. Frischfleisch." Cosma musste sehr verdutzt geguckt haben, denn die beiden Frauen sahen sich kurz an und lachten dann. Cosma stimmte nach kurzem Zögern mit in das Lachen ein. Früher hätte sie sich ausgelacht gefühlt, jetzt fühlte sie sich als würden sie miteinander lachen. Das war so ein gutes Gefühl. „Ich heiße Melanie", sagte die Blonde und Cosma hätte fast erwidert: „Ich nicht mehr." Das jetzt zu erklären wäre allerdings für das erste Kennenlernen vielleicht etwas zu weit gegangen. Die etwas Stillere der Beiden, sah sie an, lächelte und sagte: „Ich bin Christiane." Cosma mochte die beiden auf Anhieb. Sie fragte sich, warum die beiden hier waren, sie wirkten so gesund. Aber wenn Cosma sich im Spiegel ansah, fand sie auch nicht, dass sie krank aussah. Na gut, vielleicht noch ein bisschen blass, aber nicht wirklich krank. Sie fühlte sich vor allem wund auf der Seele, das hatte sie auch heute beim Aufnahmegespräch mit der Oberärztin gemerkt. Sie war dicht am Wasser gebaut, ohne es erklären zu können. Die Ärztin gab ihr das Gefühl, all ihre Sorgen ernst zu nehmen. Sie schrieb sich ein paar Sachen auf und sagte dann zu Cosma, dass sie ihren Therapieplan am nächsten Morgen im Briefkasten finden würde; vielleicht auch schon an diesem Abend. Cosma wollte gleich nach dem Abendessen gucken gehen. Das Essen mit Christiane und Melanie ging schnell vorbei. Die beiden schoben ihre Stühle zurück und Melanie meinte, sie müssten sich ein bisschen beeilen, denn sie würden jetzt zum NIA-Tanzen gehen. Christiane fragte Melanie ob sie nicht Lust hätte mitzukommen. Cosma sagte wie es ihre neue Art war ja und fragte dann etwas kleinlaut: „Was ist denn das?" Melanie lachte und meinte, sie würde es schnell lernen, es gebe freie Tanzelemente und auch choreographierte, es ging darum Frau zu sein. „Zieh dir lockere Sportsachen an und wenn du etwas hast, das schwingt, ein Kleid oder Rock, dann auch gerne so etwas. Wir treffen uns in 15 Minuten hier vor dem Restaurant wieder." Cosma nickte und stand ebenfalls auf: „Dann bis gleich." Fünf Minuten später stand Cosma unschlüssig vor ihrem Schrank. Hm, was sollte sie denn jetzt anziehen. Da sie keine Ahnung hatte, was sie erwartete zog sie einfach ihren Sport-Jumpsuit an und ein Oversized-T-Shirt in einem Beerenton, das ihr ausgezeichnet stand. Sie hatte sich die Sachen extra noch vor der Reha gekauft. Sie wollte auch von außen anders aussehen als früher, irgendwie erwachsener. Der große Ausschnitt des T-Shirts rutschte immer wieder über eine Schulter und Cosma fand, dass sie irgendwie ganz sexy aussah. Sie machte ein paar sexy Posen und kicherte dann über sich wie ein kleines Mädchen. Sie überlegte, ob sie sich einen Zopf machen sollte. Sie war schon lange nicht mehr beim Frisör gewesen und ihre Haare waren länger als gewöhnlich. Sie suchte nach einem Haarband, fand schließlich eins, machte sich einen Zopf und war zufrieden mit ihrem Aussehen. Genau fünfzehn Minuten später stieg sie aus dem Aufzug in der Eingangshalle und ging zum Restaurant. Melanie und Christiane warteten schon auf sie. Dann gingen sie zusammen in die Turnhalle in der der Tanzkurs stattfand. Cosma war davon ausgegangen, dass dort zwanzig bis dreißig Frauen wären, die an diesem Kurs teilnahmen, aber sie waren insgesamt nur zehn. ZEHN! Cosma war klar, dass es bei dieser großen Halle und nur zehn Frauen keine Chance gab sich zu verstecken und zu allem Überfluss sah sie jetzt auch noch, dass die Stirnseite der Halle mit großen Spiegeln versehen war. Sie sah hinein und musste feststellen, dass sie nicht ganz so cool und sexy aussah, wie sie gehofft hatte. Allerdings war die größere Überraschung, dass es ihr gar nicht so wichtig war. Sie wollte hier eine gute Stunde verleben und das war's. Mehr Zeit zum Grübeln blieb Cosma nicht. Die Kursleiterin stellte sich vor und bat alle in einen Kreis. Sie sollten sich dort auf ein Kissen ihrer Wahl in einer für sie bequemen Sitzposition zu setzen. Wie es für Melanie typisch gewesen wäre, guckte Cosma erstmal, wie sich die anderen hinsetzte. Aber das sagte ja nichts darüber aus, was für sie ein bequemer Sitz war. Das waren die Momente in den Cosma mit sich ungeduldig wurde. Himmel-Herrgott-nochmal, so schwer konnte es doch nicht sein, sich einfach auf ein Kissen zu setzen. Cosma sah die anderen Frauen an, es herrschte eine entspannte Stille. Jeder suchte seine perfekte Sitzposition und dann begann eine Mediationsmusik zu spielen. Irgendwie lief das hier ganz anders als Cosma gedacht hatte, aber sie wollte sich darauf einlassen. Die Kursleiterin regte alle an die Mantren mitzusingen. SINGEN! Mit Cosmas Entspannung war sofort wieder vorbei. Singen war ja nun gar nicht ihr Ding. Außerdem kannte sie den Text gar nicht. Und als ob die Leiterin direkt in ihren Kopf gucken konnte, sagte sie jetzt: „Es ist nicht wichtig, ob ihr die richtigen Worte oder Töne singt. Fühlt eure Stimme in eurem Körper und lasst die Worte klingen." Cosma kam es ein wenig seltsam vor einfach nach Gehör Worte nachzusingen, deren Sinn sie nicht verstand. Aber schon nach wenigen Minuten begriff Cosma, worum es ging. Sie schloss die Augen und genoss das Gefühl. Es war, als würden die Worte ihre Stimme in Schwingungen versetzen, die sich in ihrem Körper fortsetzten. Cosma fühlte, wie ihr die Tränen kamen, sie durchströmte ein Glücksgefühl, das ihr den Atem raubte. Die Musik verklang und alle blieben noch schweigend einen Moment sitzen. Dann wies die Leiterin sie an die Kissen wieder in die dafür vorgesehene Kiste zu legen und änderte die Musik. „Die nächsten zehn Minuten haben wir freies Tanzen", sagte die Kursleiterin. Um Cosma herum freuten sich acht Frauen, während sie sich fragte, was das jetzt hieß. Nicht, dass sie jetzt ein großer Fan von Choreographien war, bei denen sie meistens über ihre eigenen Füße fiel oder sich wahlweise in die falsche Richtung drehte, aber FREI tanzen. Cosma kam gar nicht dazu viel nachzudenken. Die Musik setzte ein und sie war umgeben von neun verschiedenen Tanzstilen. Einige betrieben eine Art getanztes Kampftraining, während andere wie Elfen schwebten. Zwei der Frauen standen einfach nur auf einem Fleck und wippten rhythmisch zur Musik. Cosma find langsam an auf der Stelle zu tanzen. Nach und nach wurden ihre Bewegungen größer und sie hob die Arme. Sie schloss die Augen und wiegte sich im Takt während die Kursleiterin die Frauen anregte ihre Körper zu fühlen. Wo fühlt ihr eure Bewegungen? Was bewegt sich?! WAS BEWEGT SICH? Cosma dachte an ihren, wie sie fand zu dicken Bauch, die zu vollen Schenkel und war sofort gehemmt. Die anderen Frauen tanzten unbeeindruckt weiter, obwohl Cosma fand, dass es viel dickere Frauen in diesem Kurs gab. Die schienen sich gar keine Gedanken darum zu machen, wie sie aussahen. Wenn Cosma ehrlich war, dann sahen sie im Moment vor allem entspannt und glücklich aus. Nach dem freien Tanzen gab es noch eine Choreographie und Cosma war sehr stolz auf sich, dass sie gut mitkam. Vielleicht lag es auch daran, dass man sich nicht eng in Reihen aufstellte. Anders als im Fitness-Center, wo jeder falsche Schritt einen Zusammenstoß mit der durchgestylten Fitness-Tussi neben einem zur Folge hatte, die einem darauf hin böse Blicke zuwarf. Nach einer dreiviertel Stunde war der Kurs zu Ende. Cosma war stolz auf sich. Sie hatte durchgehalten Aber da sie hier selber entscheiden konnte, wieviel Energie sie geben wollte und konnte, war der Kurs für sie zu schaffen. Der schwierigste Teil war allerdings gewesen auf sich selber zu hören und einfach mal weniger zu machen, wenn man merkte, dass der Körper nach einer kleinen Pause schrie; das hatte sie getan.

Cosma fühlte sich, als würde sie gleich den No-
belpreis erhalten. Dabei fanden alle anderen es
bestimmt normal auf sich zu hören.

Nach dem Kurs verabschiedete sie sich von
Melanie und Christiane. Sie ging auf ihr Zimmer
duschte und wollte sich nur kurz aufs Bett legen um sich auszuruhen. Nach fünf Minuten
war sie eingeschlafen.

Am nächsten Morgen wachte Cosma früh auf.
Sie zog sich als erstes eine Jogginghose an und
dass beerefarbene T-Shirt von gestern. Sie
schlüpfte in ihre Flip-Flops und dachte beim
Blick in den Spiegel, dass sie sich eigentlich
nochmal kurz kämmen könnte. Ihr kamen die
Worte von Karl Lagerfeld in den Sinn, dass jeder, der in Jogginghose sein Haus verlässt so-
wie so jede Selbstachtung verloren hat. Cosma
grinste und schüttelte den Kopf: Warum
konnte sie sich an solche Zitate erinnern, aber
nie an solche von Goethe?! Noch ein bisschen
verschlafen, trotzdem irgendwie gut gelaunt,
machte sie sich auf den Weg zu ihrem Briefkasten. Gestern hatte sie in der Eile wegen des

NIA-Kurses gar nicht mehr hineingesehen. Mit dem Kopf in Gedanken an nichts versunken ging sie durch den noch stillen Flur der Klinik. Sie sah aus dem Fenster in die grüne Landschaft, als sie plötzlich unsanft in etwas hineinrannte und sich auf ihrem Hosenboden wiederfand. „Aua.", sagte Cosma tonlos und musste dann schon fast über sich lachen. Als sie nach oben sah entdeckte sie den jungen Mann, der gestern an ihrem Tische gesessen hatte. Markus?! Er war offenbar schon Laufen gewesen, denn er sah verschwitzt aus und roch nach frischer Luft. „Entschuldige, ich habe dich gar nicht gesehen," sagte er und reichte ihr seine Hand. Cosma nahm sie und kam direkt vor ihm zum Stehen. Laut Dirty Dancing stand er in ihrem Tanzbereich und auf jeden Fall standen sie eindeutig dichter zusammen, als es der Knigge vorsah. Markus empfand das offenbar auch so und trat einen Schritt zurück. Er strich sich mit der Hand durchs Haar und sagte: „Wie gesagt: Sorry. Ich habe dich nicht gesehen." „Ist kein Problem" murmelte Cosma und sah schüchtern nach unten. Direkt auf ihre Flip-Flops und ihre Jogginghose. Zähne nicht geputzt und die

Haare nicht gekämmt. Sie sah ihn wieder an und er grinste kurz und meinte dann: „Tja, dann ist wohl alles gesagt." „Ja," bestätigte Cosma atemlos. Beide versuchten gleichzeitig auf der gleichen Seite aneinander vorbeizugehen und rannten dabei gleich wieder zusammen. Dieses Mal verhinderte Markus allerdings, dass sie hinfiel indem er sie festhielt. Es fühlte sich fast wie eine Umarmung an. Als beide wieder sicher voreinander standen hatte Cosma das Gefühl, dass er ein bisschen rot geworden war. Cosma fand das süß. Sie lächelte und zwar genauso lange, bis ihr einfiel, dass sie nicht einmal einen BH trug. Jetzt wurde sie rot, sie senkte den Blick, ging an ihm vorbei und sagte im Weggehen: „Man sieht sich". Auf dem Weg zum Briefkasten meinte sie Markus noch leise Lachen zu hören. Ihr Herz klopfte noch wie verrückt, als sie ihren Therapieplan aus dem Briefkasten nahm. Sie machte sich schnell wieder auf den Rückweg in ihr Zimmer. Während sie ging sah sie sich den Therapieplan an, was sie aber sofort wieder sein ließ: Ein Zusammenstoß pro Tag reichte.

Auf dem Plan stand weniger als Cosma erwartet hatte. Vor allem Sport, Entspannung und Therapie. Einzel- und Gruppentherapie. Gruppentherapie.... Na toll. Für Gruppenaktivitäten war Cosma eigentlich überhaupt nicht der Typ. Ein Blick auf die Uhr verriet ihr, dass sie noch vor dem Frühstück eine Runde Nordic-Walken gehen sollte. Melanie und Christiane waren auch in der Walking-Gruppe, wie Cosma am Treffpunkt feststellte. Sie hatte eben noch Zeit gehabt ihre Sportsachen anzuziehen und zum Treffpunkt zu eilen. Es gab ein großes Hallo. Cosma war die Aufmerksamkeit die sie auf sich zogen fast ein bisschen zu viel. Immerhin hatte sie bisher ihr Leben damit verbracht möglichst ungesehen durch Menschenansammlungen zukommen. Na ja, das war ihr altes Leben gewesen. Sie zogen also schnatternder und gackernder Weise hinter dem Nordic-Walking-Trainer her. Die Runde die sie gingen war nicht lang, aber Cosma fühlte sich fit. Sie ging kurz duschen und machte sich auf zum Frühstück. Um 11.00 Uhr stand die erste Therapiestunde an. Gruppentherapie. Boah, eigentlich hatte sie jetzt schon keine Lust mehr auf den Tag. Sie musste über sich selber lachen; so langsam wurde sie eine kleine Zicke.

Die Gruppentherapie fand in einem hellen freundlichen Raum statt in dem zehn Stühle im Kreis standen. Cosma war ein bisschen aufgeregt. Immerhin, war das ihre erste Gruppentherapiestunde und sie hatte so gar keine Ahnung, was sie erwartete. Cosma kam als erste in den Therapieraum. Sie ging um den aufgestellten Stuhlkreis herum und strich Gedanken verloren über die Stuhllehnen. Unwillkürlich musste sie grinsen, als sie merkte, dass ihr das Kinderspiel „Der Plumpsack geht um" durch den Kopf ging. Cosma beendete ihre Runde und ging zum Fenster. Sie sah hinaus in den wunderschönen Park. Sie hing ihren Gedanken nach, während nach und nach die anderen Teilnehmer den Raum betraten. Ein paar Gesichter kannte sie schon vom Sehen und auch Christiane war mit in der Runde. Die Therapeutin gefiel Cosma auf Anhieb, und sie entspannte etwas. Als sie gerade bei der Vorstellungsrunde waren, öffnete sich die Tür und der letzte Teilnehmer kam herein. Markus. Cosma stellte fest, dass sie irgendwie wieder aufgeregt war. Seltsam. Eigentlich hatte sie sich in der Runde ganz gut aufgehoben gefühlt. Markus entschuldigte sich mit einer Geste und setzte sich schnell auf den leeren Platz. Cosma stellte fest, dass alle in der Gruppe eine Nahtoderfahrung gemacht hatten und sie alle in dieser Gruppe saßen um sich miteinander auszutauschen. Die Therapeutin versuchte ihnen zu vermitteln, dass sie mit diesen Erlebnissen nicht alleine waren, aber Cosma stellte fest, dass alle die in dieser Stunde über ihre Erlebnisse berichteten, offenbar nicht an dem Ort gewesen waren, an dem sie gewesen war. Vielleicht wollten sie aber auch nicht gleich am Anfang damit herausrücken, dachte sich Cosma. Wäre sie dran gewesen mit ihrer Geschichte, hätte sie sicherlich auch nichts von fliegenden Elefanten erzählt. „Na, du", sagte Christiane als sie den Raum am Ende der Stunde verließen, „war doch gar nicht so schlimm, oder?" Cosma lächelte und sagte, „Nee, war eigentlich ganz okay, aber wir haben ja aktiv auch noch nichts beigetra….", Cosma bekam einen Stoß von der Seite und wäre beinahe umgefallen, hätte der

Türrahmen sie nicht abgebremst. „Aua….", sagte Cosma im Tonfall einer beleidigten Fünfjährigen. Weiter kam sie auch nicht, weil sie schon von zwei Armen gehalten wurde. Die Arme gehörten Markus, der sich wortreich für den Rempler entschuldigte. Cosma hatte keine Ahnung, was er sagte. Sie roch sein Duschgel und spürte seine Hände auf ihren Armen. Cosma sah ihn nur an. Irgendwie musste sie den Punkt verpasst haben, an dem sie etwas hätte sagen sollen, denn Markus sah sie irgendwann fragend an, genau wie Christiane, die auch immer noch dastand und sich jetzt feixend abwandte. „Was?" fragte Cosma, und Markus sagte ohne nachzudenken: „Das heißt wie bitte!" Cosma musste lachen: „Bist Du Deutschlehrer, oder was?" Jetzt musste Markus auch lachen. „Sowas ähnliches". Cosma rieb sich ihre Schulter und sagte zu Markus: „Mir ist nix passiert, alles okay." Wieder sah Markus sie schweigend an. „Hallo?", sagte Cosma. „Was?", schreckte Markus kurz auf. „Das heißt Wie bitte", kam es von Christiane, die Cosma und offenbar auch Markus schon total vergessen hatten. Alle drei fingen an zu lachen, bis ihnen die Bäuche weh taten und die Therapeutin sie kopfschüttelt auf den Flur schob. Markus fing sich als erster wieder und verabschiedete sich mit den Worten: „Na, dann. Bis zum nächsten Zusammenstoß", was Cosma und Christiane schon wieder urkomisch fanden. Nachdem Markus weg war, dauerte es noch ein paar Minuten, bis Cosma und Christiane sich wieder beruhigt hatten und die Gackerattacke ein Ende gefunden hatte. Sie gingen den Flur runter. In die vom Lachen erschöpfte Stille fragte Christiane: „Sag mal…. du und Markus… was läuft denn da?" Cosma hatte sich gerade exakt das gleiche gefragt.

Cosma sah Markus jetzt andauernd. Zumindest hatte sie das Gefühl. Sie konnte in der Klinik kaum einen Schritt machen, ohne, dass sie ihn irgendwo sah. Sie lächelten sich immer zu, manchmal hob einer von beiden zum Gruß die Hand, doch sie sprachen nie miteinander. Nachdem Cosma zwei Wochen in der Klinik war, traf sie Markus im Fitnessraum. Sie kam, er ging. Galant ließ er ihr den Vortritt und sagte

dann lächelnd: „Eine Zusammenstoßvermei-
dungsmaßnahme." Cosma lächelte auch, sagte
aber nichts. „Hast du Lust auf einen Spaziergang nachher," hörte sie plötzlich Markus fragen und ohne groß darüber nachzudenken
sagte sie: „Ja, gerne." Markus nickte und sah
erleichtert aus. „In zwei Stunden am Eingang",
fragte er und Cosma nickte. Wie auf Wolken
ging sie zum ersten Gerät ihrer Trainingsrunde
und hatte am Ende keine Ahnung mehr, was sie
gemacht hatte. Sie hatte die ganze Zeit nur an
sein Lächeln denken können.

Cosma hatte sich x-Mal umgezogen, wovon
Markus natürlich nichts ahnte, als sie sich trafen. Sie wollte hübsch aussehen, aber nicht zurechtgemacht. Das dauerte ja bekanntlich am
Längsten: Zurechtgemacht nicht zurechtgemacht aussehen. Sie begrüßten sich mit einem
kurzen „Hi" und Markus fragte: „Um den See."
Vor zwei Wochen hätte sich Cosma das noch
nicht zugetraut, nun nickte sie nur wortlos und
lächelte. Sie gingen eine Weile schweigend nebeneinander her. Es war ein schönes Schweigen. Aber nach und nach unterhielten sie sich

im wahrsten Sinne des Wortes über Gott und die Welt. Markus hatte einen Herzinfarkt gehabt und das mit Mitte dreißig. Das hatte ihn sehr geschockt. Im Nachhinein wusste er, dass er einfach zu viel Arbeit und Stress gehabt hatte. Cosma nickte oft nur, während er erzählte. Die Tatsache, dass sie ähnliche Erlebnisse gehabt hatten, verband sie auf eine Art und Weise miteinander, die Cosma noch nie erlebt hatte. Irgendwann standen sie schweigend nebeneinander und blickten auf den See. Ihre Arme berührten sich fasst und Cosma war sich Markus Nähe überdeutlich bewusst. Wie auf ein geheimes Zeichen sahen sie sich an, lächelten und gingen weiter. Ein paar Meter weiter nahm Markus Cosmas Hand, und sie musste sich sehr zusammen reißen nicht zu hüpfen.

Nach diesem Nachmittag schrieben sie sich oft kleine Nachrichten, trafen sich beim Sport, auf einen Spaziergang oder gingen im Ort einen Kaffee trinken. Cosma erzählte Markus von ihrer Leidenschaft für das Malen und dass sie vorhatte mehr daraus zu machen, sie aber einfach noch nicht den Mut dazu fand und auch nicht wusste, wie genau, sie es anstellen sollte aus ihren Bildern vielleicht etwas zu machen, dass ihr Leben finanzieren könnte. Markus hörte ihr zu und gab ihr viele Impulse und unterstütze sie auch in der Idee, ihr Leben einfach nochmal neu zu starten. Cosma kam nach diesen Treffen immer aufgewühlt zurück auf ihr Zimmer. Voller Ideen im Kopf und mit Schmetterlingen im Bauch. Aber außer, dass Markus gelegentlich ihre Hand nahm, passierte nichts zwischen ihnen. Cosma war das auch irgendwie recht, denn sie hätte sicherlich nicht nein gesagt, aber war auch verunsichert. Sie hatte noch so gar keine Idee, wie Cosma mit Männern umgehen würde. Aber umso länger sie darüber nachdachte, fasste sie den Plan, dass Cosma im Gegensatz zu Melanie eher mutig war. Sie nahm sich vor, Markus beim nächsten Treffen zu küssen. Nur ein ganz kleiner Kuss. Vielleicht empfand er ja ähnlich und wenn nicht, war das Risiko nicht mehr ganz so groß, denn Markus würde übermorgen entlassen werden.

An Markus letztem Abend saßen sie bei Kerzenlicht in einem Restaurant und Cosma war mit ihrem Aussehen sehr zufrieden. Sie fühlte sich schön und mutig und selbstsicher, wie Cosma eben. Das Essen war lecker und wunderschön angerichtet und sie unterhielten sich den ganzen Abend. Markus hielt Cosmas Hand und irgendwann beugte sich Cosma zu ihm hinüber um ihn zu küssen. In seinen Augen sah sie, dass er dasselbe wollte. Ihre Lippen berührten sich ganz zart und suchend und obwohl der Kuss eher vorsichtig war, löste er einen Sturm der Gefühle in Cosma aus. Markus Stimme klang ganz rau, als sie sich voneinander lösten und er sagte: „Cosma… ich… also… das…". Cosma lachte und fühlte sich einfach wundervoll. Sie fühlte sich auf eine romantische Art mächtig; sie hatte bewirkt, dass er keinen Satz mehr zusammenbekam. Das gefiel ihr. Und so, wie sie es in diversen Büchern gelesen hatte und in Filmen gesehen hatte, sagte sie zu Markus „Sag jetzt nichts." Und das tat er, er sagte nichts mehr. Er nahm auf dem Rückweg zur Klinik ihre Hand und zum Abschied küssten sie sich noch einmal. Cosma war einfach nur glücklich, wenn auch der Gedanke, dass Markus morgen entlassen werden würde, ein wenig Wehmut in ihr Glück mischte.

Am nächsten Morgen war Cosma früh wach. Sie hatte eh wenig geschlafen. Ihr erster Blick galt ihrem Handy, aber Markus hatte nicht geschrieben. Na ja, es war noch früh, wahrscheinlich schlief er noch. Sie schrieb ihm eine kurze Nachricht und bedankte sich für den schönen Abend. Er war sofort online und sie sah, dass er ihre Nachricht las. Dann war er wieder offline. Cosma zuckte mit den Schultern und dachte sich, dass er sicherlich viel zu tun hatte, bis zu seiner Abreise. Melanie hätte sich jetzt Gedanken gemacht, Cosma wollte so nicht mehr sein. Sie hüpfte aus dem Bett und zog sich an, nach einer Schnellrunde im Bad machte sie sich auf den Weg zum Nordic Walking.

Als Cosma zurück kam hatte sie noch immer keine Nachricht von Markus. Sie wollte ihn kurz anrufen und fragen ob sie sich beim Frühstück sahen, doch sie entschied sich dagegen. Sie wollte nicht „bedürftig" wirken, denn sie sah ja schließlich gleich selber ob er da war oder nicht. Unsinnig ihn zu fragen, nur um zu hören ob alles gut war. Cosma stand vor dem Spiegel und sah sich an, ihre Hand berührte ihre Lippen, sie schloss die Augen und fühlte wieder Markus' Lippen auf ihren. Sie vermisste ihn jetzt schon. Cosma fragte sich, ob sie ihn wiedersehen würde nach seiner Abreise, aber dann dachte sie sich, dass es sinnvoller wäre ihn zu fragen, also machte sie sich auf die Suche nach ihm.

Sie sah ihn vom Weiten schon am Auto stehen. Er stand am offenen Kofferraum und stellte seine Reisetasche und einen Koffer in den Wagen. Cosma war noch ein ganzes Stück von ihm entfernt, als er sich umdrehte und sie sah. Sie hob die Hand zur Begrüßung, während er sich nicht rührte und sich stattdessen Hektisch auf dem Parkplatz umsah. Cosma sah die beiden den Hauch einer Sekunde eher, als Markus sie sah. Diese wunderschöne Frau, die auf dem Parkplatz mit einem ebenso perfekten kleinen Mädchen die ersten Gehübungen machte. Sie lachte und Cosma hörte sie rufen: „Markus, sieh nur. Sie läuft schon fast alleine. Komm' Süße, lauf zu Papa." Cosma war sich sicher, dass ihre Beine versagen würden. Ihre Schritte waren langsamer geworden, aber wie ferngesteuert war sie weitergegangen. So, dass sie jetzt zeitgleich mit der Frau und dem kleinen Mädchen am Wagen ankam, die offenbar Markus' Familie waren. Markus sah Cosma an und sie sagten beide kein Wort, bis seine Frau lachend einen Finger aus der Hand des kleinen Mädchens befreite und ihr die Hand zur Begrüßung reichte mit den Worten: „Die Linke kommt von Herzen. Hi, ich bin Karo. Und du bist?" Hier in einem völlig falschen Film, dachte Cosma, schaffte es dann aber zu lächeln und Karo die Hand zu geben. Dann wandte sie sich mit dem gleichen eingefrorenen Lächeln an Markus, reichte auch ihm die Hand und fühlte, dass er heute, zum ersten Mal, seit sie sich kennengelernt hatten einen Ehering trug. „Ich wünsch dir einen guten Start in dein neues Leben." Markus schluckte und suchte nach Worten, sagte dann aber: „Danke. dir auch." Mittlerweile wurde er auch lautstark von seiner

Tochter gefordert. Er ließ Cosmas Hand los und nahm sie auf den Arm. Cosma lächelte sie an, fühlte, wie ihr die Tränen in die Augen stiegen und beeilte sich zu sagen: „Gute Fahrt." Sie nickte Karo kurz zu und machte sich eilig auf den Weg zum See, wo sie auf einer Bank saß und weinte, wie sie noch nie geweint hatte, sie weinte, bis die Schmetterlinge in ihrem Bauch alle so nass waren, dass Cosma sicher sein konnte, dass keiner von ihnen in nächster Zeit wieder fliegen würde.

Melanie hätte Monate gebraucht um diesen Moment, diese Situation, dieses Gefühlschaos zu verarbeiten. Hätte sich gefragt, wie sie so dumm sein konnte, zu glauben, dass ein Mann wie Markus sich für sie interessierte, warum sie nichts gemerkt hatte. Hätte sie es nicht ahnen können? In dieser Gedankenspirale hätte sich sie für eine ganze Weile verfangen und sich schuldig gefühlt. Cosma brauchte drei Tage und zwei Therapiestunden, dann hatte sie verstanden, wirklich verstanden, auch in ihrem Herzen, dass sie nichts falsch gemacht hatte.

Sie war reinen Herzens auf Markus hereinge-
fallen. Er hatte keinen Ehering getragen und er
hatte seine Frau und seine Tochter mit keinem
einzigen Wort erwähnt.

„Was werden sie tun, wenn sie nach Hause
kommen? Was werden sie ändern und was
darf bleiben wie es ist? Gucken sie sich ihr Leben genau an." Cosma packte ihren Koffer und
die Worte der Therapeutin aus dem Abschluss-
gespräch gingen ihr nicht aus dem Kopf. „Sie
müssen nichts verändern, aber sie können,
wenn sie wollen. Seien sie gut zu sich und über-
eilen sie nichts. Veränderungen brauchen
manchmal ein bisschen Zeit." Veränderungen... Cosma wollte so vieles ändern. Jedoch
kam sie sich in ihrem Leben oft vor, wie in einem zu kleinen Kästchen. Egal in welche Richtung sie ging, sie stieß relativ schnell an Grenzen. Grenzen, die ihr bisher unüberwindbar er-
schienen waren. Grenzen, die ihr allerdings
auch Sicherheit gegeben hatten. Was sie ihr allerdings nicht gegeben hatten, war Glück.
Cosma hatte schon ihren Vater im Ohr, der sagen würde, dass das alles neumodisches Zeug

wäre, dieses Glück, auf das alle meinten Anspruch zu haben. Glück… Cosma packte ihren Pullover zusammen und dachte darüber nach, was das für sie bedeutete. Das erste was ihr in den Kopf kam, war der Wind am Meer, der an ihren Haaren zog und der Geruch von Farbe in ihrer Kleckerbude. Cosma fühlte die Rebellin in sich und stellte sich vor, wie sie ihren Eltern eröffnete, dass sie ans Meer ziehen würde um Malerin zu werden. Sie sah den besorgen Blick ihrer Mutter und den ungläubigen ihres Vaters, der sich mit den Worten umdrehte: „Ich spreche erst wieder mit dir, wenn du wieder bei Verstand bist und aufhörst rumzutüddeln."
Ach, Papa, dachte Cosma, Du hast ja auch irgendwie recht. Alles Hirngespinste.

6

Cosma wachte auf von der Durchsage, dass sie in ein paar Minuten im Hamburger Hauptbahnhof einfahren würden. Sie war tatsächlich eingenickt und hatte, obwohl sie es sich verboten hatte, von Markus geträumt. Von Markus und ihrer Wohnung mit Blick auf das Meer. Das Meer... Wasser hatte von jeher eine besondere Anziehungskraft auf Cosma gehabt. Cosma nahm ihren Koffer aus dem Gepäckfach, hängte sich ihre Tasche um und machte sich auf den Weg zum Ausstieg. Schon beim Einfahren entdeckte sie ihre Eltern auf dem Bahnsteig und ihr stiegen die Tränen in die Augen. Da sind sie, dachte Cosma. Immer für mich da. Nichts hat sich verändert. Doch tief in ihrem Inneren wusste Cosma, dass das nicht stimmte. Es hatte sich etwas verändert. Sie hatte sich verändert. Die Zeit alleine ohne ihre Eltern, die Gespräche mit den Therapeuten und auch mit den anderen Menschen in der Klinik hatten ihr klargemacht, dass sie etwas wollte vom Leben. Sie wollte das Leben genießen. Wie Sarah Connor sang, sich das Leben mit vollen Händen reinziehen, auch wenn es manchmal wehtat. Ihre Eltern umarmten sie und Cosma hielt beide lange fest. Sie wusste, dass eine schwere Zeit vor ihnen lag. Die Zeit in der Cosma sich abnabeln musste. Das war schon lange überfällig gewesen war, das war ihr in der Reha klargeworden. Sie musste auf ihren eigenen Füssen stehen und die Möglichkeit haben ihren eigenen Weg zu finden und auch die Chance eigene Fehler zu machen und aus ihnen zu lernen. Und Cosma dachte spontan an Julia Engelmanns Text „Eines Tages, Baby, werden wir alt sein", in dem es hieß „Lass uns möglichst viele Fehler machen und möglichst viel aus ihnen lernen. Lasst uns jetzt schon Gutes säen, damit wir später Gutes ernten." Und das wollte sie tun: Sie wollte auf dem Feld ihres Lebens hart für eine gute Ernte arbeiten. Schon auf dem Bahnsteig in Hamburg, dachte Cosma, dass das ein ehrenwerter, aber doch recht philosophischer Ansatz war.

Sie fuhr mit ihren Eltern nach Hause und Hamburg zeigte sich von seiner schönsten Seite. Blauer Himmel und die Stadt platzte vor Aufbruchstimmung aus allen Nähten. Während der Fahrt erzählten ihre Eltern ihr, was sie in der Zwischenzeit verpasst hatte: Nachbarschaftsstreitigkeiten und dass die Butter so teuer wie noch nie. Cosma sagte nicht viel, aber sie genoss die Zeit, die sie mit ihren Eltern hatte, auch wenn sie das Gefühl hatte, dass sich etwas zwischen ihnen verändert hatte. Sie fühlte sich erwachsener. Zu Hause angekommen, war Cosma irgendwie gerührt, von der Tatsache, dass ihre Eltern eine „Herzlich Willkommen"-Girlande über die Tür gehängt hatten um sie zu begrüßen. Ihre Mutter umarmte sie nochmal ganz fest, während ihr Vater ihr Gepäck ins Haus trug. „Schön, dass du wieder da bist", sagte ihre Mutter, „Du hast uns sehr gefehlt. Es ist nicht das gleiche, wenn du nicht da bist." Cosma nickte und konnte nichts sagen, weil sie einen Kloß im Hals hatte. Das hier war das, was ihre Eltern glücklich machte. Das Haus, das Zuhause und sie drei, die gemeinsam darin lebten. Cosma kam sich vor, wie eine Zerstörerin, wenn sie daran dachte, dass alle Pläne in der Reha immer beinhalteten, dass sie ausziehen würde. Wie sollte sie das ihren Eltern nur erklären, ohne sie zu verletzten. Cosma ging in ihre Wohnung und fing an den Koffer auszupacken. Als erstes hielt sie den Spruch in der Hand, den sie in einem Kalligraphie-Kurs in der Reha gemacht hatte: „Nichts ist zu gut um wahr zu sein." Cosma drückte den Spruch an ihre Brust und dachte daran, dass sie alle Möglichkeiten hatte. Das hatten sie in der Therapie besprochen: Sie hatte alle Möglichkeiten und sie war diejenige, die entscheiden konnte, was sie mit ihrem Leben machen wollte. „Kaffee ist fertig," rief ihre Mutter und Cosma antwortete automatisch: „Ich komme schon." Kaffeetrinken mit ihren Eltern, wie früher. Na ja, man musste ja nicht alles auf einmal ändern.

Drei Monate später stellte Cosma fest, dass sie trotz aller Motivation und guter Vorsätze nicht wirklich viel verändert hatte. Sie machte mehr Sport als früher. Sie war in der Reha mit einer Laufgruppe das Laufen angefangen. Am Anfang schaffte sie kaum 200 Meter ohne aus der Puste zu sein. Jetzt lief sie durchschnittlich 10 km und fühlte sich gut dabei. Sie hatte sich ein Fit-Bit zugelegt und festgestellt, dass sie ihre Zeit schon erheblich verbessert hatte. Sie hatte sich in der Firma öfter den Kollegen angeschlossen, wenn diese noch was trinken gingen. Sie brauchte dabei auch nicht mehr den Busfahrplan im Auge behalten, denn, und dass war Cosmas größter Schritt bisher gewesen: Sie hatte sich ein Auto zugelegt. Es war rot. Wirklich rot und hatte dazu geführt, dass ihr Vater die Hände über dem Kopf zusammenschlug. Warum den ein eigenes Auto? „Du kannst doch das von Mama und mir jederzeit nehmen." Ja, dachte Cosma, nur nicht mehr, wenn ich hier nicht mehr wohne. Die Idee des Auszugs war nicht aus ihrem Kopf, aber sie hatte es noch nicht übers Herz gebracht ihren Eltern von ihren Plänen zu erzählen. Wie auch? Für sie war alles wie vorher. Glücklicherweise! Denn für sie war es vorher ein gutes Leben gewesen und hinterher auch. Manchmal schämte sich Cosma, dass sie sich nicht einfach mit diesem Leben zufriedengeben konnte. Sie fühlte sich undankbar, doch in ihrem Inneren fühlte sie auch, dass sie mehr wollte und dass sie mehr brauchte. Ihr Vater hielt den Wagen für eine unnütze Geldausgabe aber Cosma lächelte nur. Er musste wissen, dass das Geld für den Wagen kein Problem war. Der Wagen war nicht neu und Cosma hatte in all den Jahren, viel Geld sparen können. Ihre Wünsche waren nie groß gewesen. Sie hatte auch von dem Geld der Verwandtschaft zu Geburtstagen, die ihr das Geld in einer Karte mit den Worten „Kauf die was Schönes" übergeben hatten das meiste gespart. Genauso fast ihr komplettes Gehalt, seit sie bei Bohlen, Peters & Müller arbeitete. Es lag da und vermehrte sich und Cosma fand, dass es Zeit war einen Teil davon unter die Leute zu bringen.

„Raclette oder Fondue?", ihre Mutter sah sie fragend an. Cosma hatte überhaupt nicht zugehört, worüber ihre Eltern sprachen. Sie war noch müde, weil sie lange in ihrer Kleckerbude gewesen war. Sie hatte ein wunderschönes Bild gemalt. Mal wieder das Meer. Sie malte das Meer am liebsten und trotzdem war dieses Bild hier besonders. Cosma hatte das Gefühl, dass es lebte, mehr noch als ihre anderen Bilder. Es hatte so ein starkes Eigenleben, dass Cosma fast das Gefühl hatte, es atmen zu hören. „Was?", fragte Cosma ihre Mutter, die die Augenbrauen hochzog und sagte: „Es heißt wie bitte." Cosma konnte nicht verhindern, dass sie an Markus dachte. Das passierte ab und zu nochmal, aber Cosma hatte sich abgefunden mit dem was passiert war. Sie hing dem ganzen nicht mehr nach, aber manchmal, in solchen Momenten passierte es nochmal. „Wie bitte?", wiederholte Cosma deutlich betont und lächelte ihre Mutter über die Kaffeetasse an. „Dein Vater und ich sind uns uneins, ob wir Silvester mit allen Raclette oder Fondue machen sollen. „Mit allen?", frage Cosma, ohne die eigentliche Frage ihrer Mutter zu beantworten. Cosmas Mutter lachte. „Manchmal möchte ich wirklich wissen, auf welchem Stern du dich gerade befindest. Ja, mit allen. Die Kühlungsborner kommen am Tag vor Heiligabend und bleiben bis zum 2. Januar und wir essen an Silvester traditionell Raclette oder Fondue", die zweite Hälfte des Satzes sprach Cosma unisono mit ihrer Mutter zusammen. Cosma freute sich auf „die Kühlungsborner". Im Gegensatz zu anderen Familien, hatte Cosma wirklich Glück mit ihrer „buckligen Verwandtschaft". Ihr Onkel spielte Gitarre, ihr Neffe Klavier und sie sangen zusammen laut und falsch Weihnachtslieder und zu späterer Stunde auch die Gassenhauer der Saison. Es machte wirklich Spaß. Trotzdem spürte Cosma einen Hauch von Wehmut.

Umso länger ihr Klinkaufenthalt her war umso mehr merkte sie, wie sie wieder in ihren alten Trott verfiel. Ja, einiges hatte sich geändert. Sie machte mehr Sport als früher, lief viel, hatte sich ein eigenes Auto gekauft, ihre Haare wachsen lassen, auch deshalb, weil ein Zopf beim Laufen so praktisch war. Ihr Handy piepte und kündigte eine WhatsApp-Nachricht an, was ihre Mutter mit einem bösen Blick kommentierte. Cosma hatte ihr Handy eigentlich morgens immer schon in der Tasche, heute lag es ausnahmsweise auf dem Tisch, aber wer hätte auch ahnen können, dass es ausgerechnet jetzt mal einen Ton von sich gab. „Fondue", sagte Cosma, während sie ihr Handy nahm und gleichzeitig aufstand um zur Arbeit zu fahren. „Ich muss los, der Bus kommt gleich," sagte Cosma, küsste ihre Eltern wie immer zum Abschied und beeilte sich ihren Mantel anzuziehen und zum Bus zu laufen. Erst als sie auf ihrem Stammplatz saß, fiel ihr die Nachricht wieder ein. Kathrin hatte ihr ein Foto aus Paris geschickt. Wunderschön. „Romantische Grüße aus der Stadt der Liebe," schrieb sie. „Ich denke oft an dich und wollte dich fragen, ob du nicht

Lust hast, mich nach Weihnachten in Paris zu besuchen. Du hast bestimmt frei, oder? René verbringt die Feiertage bei seiner Familie. Ich muss auch nur zu zwei Shootings und wir könnten zusammen Paris unsicher machen und quatschen bis die Wolken wieder lila werden. Wenn du magst feiern wir zusammen in das neue Jahr. Ich habe eine Einladung zu einer Schicki-Micki-Party, wie unsere Eltern sagen würden, und ehrlich gesagt, keine Lust alleine zu gehen. Kommst du? Büüüüddee." Der ganze Text war voll mit Emoticons und Cosma musste unwillkürlich lachen. Der Gedanke daran das neue Jahr in Paris zu begrüßen war absurd. Cosma steckte das Handy wieder in die Tasche. Die Feiertage gehörten der Familie. So war das schon immer gewesen und so gehörte das auch. So war das schon immer gewesen… in Cosmas Kopf regte sich eine kleine Stimme die ihr sagte, dass es ihr Leben war und sie machen konnte, was sie wollte. Was verpasste sie zu Hause? Fondue? Sie würde Weihnachten mit ihrer Familie verbringen und danach … nach Paris fliegen. Cosma merkte, wie ihr ganz mulmig wurde bei dem Gedanken. Mulmig voller

Vorfreude, aber auch Angst. Sie sprach kein Französisch, sie war noch nie in Frankreich gewesen. Cosma lehnte ihren Kopf an die kalte Scheibe des Busfensters und ihr Atem beschlug das Glas. Am Horizont glaube Cosma einen Moment lang Paul gesehen zu haben, den fliegenden Elefanten. Sie merkte wie sie an Sophie dachte, lächelte und gleichzeitig stiegen ihr die Tränen in die Augen. Sophie. Cosma dachte an die Kleine, die jetzt sicherlich das Beste aus ihrem neuen Dasein machte, aber die ohne ihre Familie leben musste und die keine Möglichkeit mehr auf ein Leben hatte. Mit einem Schlag wurde Cosma bewusst, dass sie auf ganz hohem Niveau jammerte. Sie hatte eine Einladung nach Paris. Über Silvester. Es gab Menschen, die würden dafür töten, na ja, beinahe vielleicht und sie grübelte hier rum und zog Fondue vor? Cosma nahm das Handy wieder aus der Manteltasche und schickte Kathrin ein Herzchen: „Wann soll ich da sein?" Kaum hatte sie die Nachricht abgeschickt, schrieb Kathrin zurück: „Vive la France. Du kommst? Ich freu mich so!!! Komm doch am Mittwoch nach Weihnachten, dann haben wir noch zwei Tage zum Shoppen und für Sightseeing und worauf wir sonst noch Lust haben. „Cosma schickte Kathrin einen „gefällt mir"-Daumen und sah sich schon durch Paris schlendern. Sie war so aufgeregt, voller Vorfreude, was die Reise anging und voll von schlechtem Gewissen, was ihre Eltern anging. Cosma setzte sich gerade hin, steckte sich die Kopfhörer in die Ohren und suchte nach einem bestimmten Song. Als die ersten Töne von Dr. Alban „It's my life" erklangen, merkte Cosma, wie sie lächelte. Sie wollte mehr vom Leben als das, was sie schon hatte. Sie wollte alles, wollte glücklich sein. Dagegen konnten ihre Eltern doch nichts haben, oder? Cosma nahm sich vor, gleich am Abend mit ihnen zu sprechen. Vorsichtshalber buchte sie sobald sie im Büro angekommen war die Flüge und schickte Kathrin die Daten. Sie wollte sicher sein, dass weder ihre Eltern, noch die Angst vor ihrer eigenen Courage ihr diese Reise ausredeten. Was hatte sie neulich gelesen? „Großartige Dinge passieren dir nicht in deiner Komfortzone." Es war Zeit diese Theorie in die Praxis umzusetzen. Auf nach Paris.

„Paris? Über Silvester? Kind, meinst du, dass das eine gute Idee ist", ihrer Mutter standen die Zweifel überdeutlich ins Gesicht geschrieben. „Das ist nur diese Kathrin, mit ihren Sonntagsweibchen-Flausen. Die setzt unserer Lütten sowas in den Kopf", murmelte ihr Vater hinter seiner Zeitung. „Ich kann mir auch ganz alleine Flausen in den Kopf setzten," sagte Cosma und dachte schon während sie das sagte, dass sie klang wie eine Fünfjährige. Kein Wunder, dass sie niemand ernst nahm. Also versuchte sie es nochmal in einem sachlichen erwachsenen Ton. „Lasst mich doch mal was Neues ausprobieren. Es wird langsam Zeit und alt genug bin ich ja nun wirklich." Ihr Vater knickte den oberen Teil der Zeitung herunter und zog die Augenbrauen hoch: „Willst du jetzt die Welt erobern, so wie Sonntagsweibchen?" Cosma merkte, wie sie langsam wütend wurde. „Hör auf sie so zu nennen. Was ist denn falsch daran, wenn ich mal was anderes sehen will als dieses....." Cosmas Eltern sahen sie beide abwartend an und ihr war klar, dass sie sich gerade auf ganz dünnem Eis bewegte. Warum machten die beiden es ihr auch so schwer? Sie wollte doch nur mal ein paar eigene Fehler machen. Aus Fehlern lernt man doch und vielleicht war es an der Zeit etwas zu lernen. Das Leben bei den Hörnern zu packen. Und genau das sagte sie ihren Eltern auch. Erst sagten beide nichts und dann bemerkte Cosma, wie ihr Vater offenbar bebte in dem Versuch seinen Lachanfall zurückzuhalten; ihrer Mutter ging es nicht anders. Schließlich lachten die beiden aus vollem Herzen los und ihr Vater sagte: „Hast du gestern chinesisch gegessen? Das klingt ganz nach Glückskeks-Weisheit." Ihre Mutter hielt sich mit einer Hand am Tisch fest, hielt sich mit der anderen den Bauch und lachte, bis ihr die Tränen liefen. Cosma wollte sauer sein, aber sie konnte sich nicht entziehen, schließlich lachte sie einfach mit. Als sie sich langsam alle wieder beruhigten, nahm ihrer Mutter sie in den Arm. „Ach, Kind, bist du sicher? Paris? Mit dieser Kathrin?" Cosma schluckte die Kommentare herunter, die ihr zu „dieser Kathrin" einfielen und sagte nur: „Ja, ich bin ganz sicher."

Später an diesem Abend stand Cosma vor ihrem offenen Kleiderschrank und musste feststellen, dass sie nichts anzuziehen hatte für Paris. Grundsätzlich nichts und schon gar nicht für eine Silvesterfeier. Vielleicht war der Moment gekommen ihren Kleidungsstil mal zu überdenken, vielleicht ein bissen weniger praktisch. Vielleicht ein bisschen mehr Figur zeigen. Cosma würde nie eine Top-Figur haben, da war sie sich sicher, doch das Laufen hatte dazu geführt, dass ihre Figur sportlicher, definierter wirkte. Cosma zog sich aus und stellte sich in Unterwäsche vor den Spiegel. Sie hatte sich nie gern angesehen, aber jetzt musste sie feststellen wie sehr sie die letzten Monate doch verändert hatten. Ja, sie war nicht perfekt, aber sie mochte, was sie sah. Sie nahm ihr Handy und schickte Kathrin eine Nachricht. Die Antwort kam prompt: „Klar haben wir Zeit für Shopping und Frisör." Cosma lächelte und hielt sich ihr Handy an die Brust. Paris: Ich komme.

„Hast du deine Handschuhe eingepackt?", fragte Cosmas Mutter zum wiederholten Male und Cosmas Onkel lachte und sagte: „Das hat du jetzt schon bestimmt 15 Mal gefragt. Und selbst wenn sie sie nicht mithat, sie fliegt nicht in den Kongo, sondern nach Paris, da kann man auch Handschuhe kaufen.", er schüttelte lächelnd den Kopf. Um seine Frau in Schutz zu nehmen sagte Cosmas Vater: „Im Kongo bräuchte sie ja auch keine Handschuhe." Cosma knuffte ihren Vater und ihren Onkel in die Seite und sagte lachend: „Könnt ihr euch mal fünf Minuten nicht kabbeln." Dabei war Cosma gar nicht zum Lachen. Ihre Hände waren schweißnass, ihr war übel und sie hatte das Gefühl, dass diese ganze Paris-Geschichte eine Nummer zu groß für sie war. Was war so schlecht an Fondue? Sie hätte gemütlich mit ihrer Familie zusammensitzen können, wie immer und es wäre ein schöner Abend geworden und ein guter Start in das neue Jahr. Stattdessen würde sie sich jetzt in ein Flugzeug setzten und es würde wer-weiß-was alles passieren können. Cosma atmete tief durch und versuchte selbstsicher zu klingen, als sie zu ihrer Familie sagte: „So ihr Lieben. Ich bin dann mal weg. Wir sehen uns in einer Woche wieder." Es gab ein großes Umarmen, denn die ganze Familie war mitgekommen um sie in den Flieger zu setzen. Alle wollten danach nach Hamburg zum Einkaufen zu fahren und vielleicht auch noch zum Kaffeetrinken und zum Shoppen. Allerdings war sich Cosma sicher, dass ihr Vater lieber zu Hause Kaffee trinken wollen würde statt in diesen, wie er sagte, „Schicki-Micki-Läden" wo es den Kaffee zu überteuerten Preisen gab. Cosma umarmte ihren Vater besonders doll. Er musste halt verbraucht werden, wie er war. Genau, wie Cosma verbraucht werden wollte wie sie war. Sie selber hatte noch gar keine Ahnung, wer sie war. Wie sollten es ihre Eltern dann erst verstehen. Sie wusste nur, dass sie auf dem Weg war eine bessere Cosma zu werden, als sie eine Melanie je war. Zumindest eine, die ihr besser gefiel. Immerhin flog sie nach Paris.

Sie ging durch die Schleuse in den Sicherheitsbereich und winkte ihrer Familie noch einmal zu. Sie konnte nicht verhindern, dass ihr die Tränen in die Augen stiegen. Sie hatte Angst und es war alles so aufregend. Ganz alleine in

Paris. Cosma sah auf ihr Ticket und ging zu ihrem Gate. Sie sah auf das Flugfeld. Am Fenster stand ein Mädchen mit ihrem Vater, das ganz aufgeregt nach draußen zeigte und an ihrem Vater zerrte. Cosma dachte einen Moment es wäre Sophie. Dann fiel ihr wieder ein, dass Sophie jetzt im Land von Limonade und fliegenden Elefanten lebte. Sie war noch so klein gewesen, hatte nichts vom Leben gehabt, nichts von der Welt gesehen. Cosma wurde klar, dass es höchste Zeit war, dass sie das für sich änderte. Sie wollte etwas vom Leben, da war sie sich sicher. Was das genau war, da war sie sich noch nicht so sicher. Doch sie war auf dem Weg es herauszufinden.

7

Paris war laut, lebendig und aufregend. Ähnlich wie Hamburg, nur französischer. Cosmas Flug verlief ereignislos; zumindest nach außen. In ihr drin tobten tausend Gefühle, Ängste, Vorahnungen. Vielleicht hatten ihre Eltern recht, warum musste sie auch raus in die Welt. Vielleicht hatte ihr Vater recht, dass sie mit dem Leben, wie es war zufrieden sein sollte. Dass sie ein gutes Leben hatte und mit ihren großen Wünschen an das Leben auf dem besten Weg war auch ein Sonntagsweibchen zu werden. Eine, die außerhalb der Norm stand und die dann eben kein „normales" Leben führen konnte. Cosma hatte immer noch nicht herausgefunden, wo denn das „normale" Leben aufhörte und wo das Leben „außerhalb der Norm" angeblich anfing. Und wer machte diese Normen eigentlich? Durfte sie sich über diese Normen hinwegsetzen? Durfte ihr ihr „gutes, normales" Leben zu wenig sein und was war auf der anderen Seite des „normalen" Lebens? Den Kopf voll von Gedanken war sie in Paris gelandet, hatte entgegen der Unkenrufe ihres Vaters ihren Koffer und kurz darauf auch Kathrin gefunden, die sie mit einem selbstgemalten Pappschild mit Sternchen abholte auf dem Stand: „Mademoiselle Cosma". Kathrin umarmte Cosma und sie hüpften einen Moment und machten ihrer Wiedersehensfreude lautstark Luft. „Toll, dass du da bist," sagte Kathrin und zog liebevoll an einer von Cosmas Haarsträhnen. Sie redeten unaufhörlich auf dem Weg zu Kathrins Wohnung, die sie liebevoll nur ihren „Schuhkarton" nannte. Als sie ankamen wusste Cosma auch warum. Es war eine Ein-Zimmer-Wohnung mit einer kleinen integrierten Küchenzeile. Die Möbel waren überschaubar, es gab einen Sessel, einen winzigen Tisch, eine Kleiderstange und eine Kommode. Das größte Möbelstück war das Bett. „Ich bin eh fast nur zum Schlafen hier," sagte Kathrin lachend, als sie Cosmas Blick sah, „da dachte ich mir, ich brauche ein gutes Bett." Cosma lachte und meinte: „Klingt vernünftig."

Kathrin machte ihnen einen Milchkaffee den sie gemütlich auf dem Bett sitzend tranken. „Was möchtest du machen, die nächsten Tage," fragte Kathrin und Cosma zuckte mit den Schultern. „Sightseeing? Auf alle Fälle brauche noch ein Kleid für die Party, ich konnte in Hamburg irgendwie nichts finden." Kathrin lachte und sagte: „Touri-Programm mit Shopping, das kriegen wir hin." Für Silvester habe ich uns ein Wellness-Programm gebucht, sozusagen als verspätetes Weihnachtsgeschenk", sagte Kathrin. Anschließend werden wir frisiert und geschminkt und eine Limousine holt uns gegen 20 Uhr ab. Die Party organisiert meine Model-Agentur, es wird dir gefallen." Cosma merkte sofort wieder, wie sie unsicher wurde. Eine Party mit Models, Agenten und vermutlich auch Designern, die sich fragen würden, was sie auf dieser Party zu suchen hatte.

Nach ihrem Milchkaffee machten sie ihren Streifzug durch Paris. Cosma konnte nicht verhindern, dass ihr die Textzeile aus dem Klassiker von Edith Piaf durch den Kopf ging: „Non, je ne regrette rien" und sie musste grinsen. Nein, sie bereute es nicht nach Paris gekommen zu sein. Sie fühlte sich frei, glücklich und großartig. „Paris ist ein teures Pflaster," sagte Kathrin „aber ich kenne einen großartigen Second-Hand-Laden für solche Kleider, wie wir sie brauchen." Kathrin nahm ihre Hand und zog sie durch die kleinen Gassen, während sie übermütig sangen: „Non, je ne regrette rien". Laut und falsch und überglücklich.

Der „Second-Hand-Laden" sah aus wie das Paradies. Die Verkäuferin begrüßte sie mit einem Lächeln und einem „Bon Jour" und Kathrin sagte auf die Frage, ob sie ihnen helfen könne, ebenso lächelnd, dass sie sich erstmal umsehen wollten. Zumindest vermutete Cosma das, verstanden hatte sie nach „Bon Jour" nichts mehr. Aber sie lächelte, lächeln geht ja in jeder Sprache. Cosma war überfordert und Kathrin sah sie an und frage sie: „Na, Cinderella, wie möchtest du auf deinem Ball aussehen?" Cosma überlegte kurz und sagte dann: „Erwachsen," und nach kurzem Zögern murmelte sie noch „sexy". Kathrin lachte und sagte: „Herzlich willkommen in Paris. Du bist in der richtigen Stadt für deine Wünsche." Cosma nahm sich zwei Kleider mit in die Umkleidekabine. Sie zog das erste an und stellte fest, dass es zu groß war. Auch das zweite saß nicht wirklich. Kathrin rief aus der Nebenkabine: „Und?" Und Cosma antwortete „Zu groß. Beide." Cosma hörte Kathrin lachen und dann etwas zu der Verkäuferin auf Französisch sagen, worauf diese auch lachte. Kurz darauf öffnete sich die

Tür der Kabine einen Spalt und die Verkäuferin reichte Cosma drei weitere Kleider. Cosma zog das erste an. Ein wundervolles asymmetrisch geschnittenes, goldenes Paillettenkleid, das eine Schulter freiließ und auf der anderen Seite einen weit geschnittenen, geschlitzten Ärmel hatte, der am Handgelenk von einer Manschette gehalten wurde. „Und?" fragte Kathrin wieder von nebenan und als Cosma nicht antwortete: „Hey, alles okay da drüben?" Cosma stand vor dem Spiegel und konnte nichts sagen. Sie hatte so ein Kleid noch nie angehabt. Es war kurz. So kurz, dass ihren Vater beim Anblick der Schlag treffen würde, aber Cosma war einfach nur sprachlos. Nie hätte sie gedacht, dass sie jemals so ein Kleid anziehen würde. Sie machte ihren Zopf auf und lege ihre Haare auf die Seite, die das Kleid nackt ließ. Sie sah sexy aus. Definitiv. Allerdings würde sie in diesem Kleid nicht mal die Umkleidekabine verlassen, geschweige denn auf eine Party gehen. Aber sie stellte fest, wie gut das Laufen ihrer Figur getan hatte. Kathrin stand mittlerweile vor ihrer Kabine und forderte sie fröhlich auf sich zu präsentieren. Sie öffnete kurz die Tür und stellte Cosma ein Paar High Heels hin, die den Namen mehr als verdienten. Cosma lachte laut und sagte: „Willst du mich umbringen?" und Kathrin tat gekränkt und fragte: „Moment mal mein Fräulein. Wer wollte denn hier sexy sein?! Und jetzt komm raus und zeig dich." Cosma zögerte: „Ich kann nicht. Da fehlt was an dem Kleid." Stille. „Was denn?" fragte Kathrin und Cosma sah nochmal in den Spiegel und sagte: „Ungefähr 10-20 cm Stoff an den Beinen." Kathrin prustet laut los und sagte: „Komm schon, du Landei. Zeig dich." Das Landei wollte Cosma jetzt nicht auf sich sitzen lassen. Sie öffnete sie Kabinentür und schritt, so elegant es ihr auf den mörderisch hohen, aber wunderschönen Schuhe möglich war hinaus. Kathrin hörte schlagartig auf zu lachen und sah sie von oben bis unten an. Cosma fing sofort verunsichert an, an dem Saum des Kleides zu ziehen. Kathrin schüttelte den Kopf und sagte liebevoll: „Hör sofort auf damit. Du bist wunderschön." Cosma blieb wie angewurzelt stehen und merkte, wie ihr die Tränen in die Augen stiegen. Kathrin gab den Blick auf den großen Spiegel frei und da stand sie. Cosma.

Cosma zum ersten Mal so, wie sie sein wollte. Sichtbar. „Hammer", sagte Kathrin und Cosma sagte grinsend: „Jep. Aber zur kurz," und verwand wieder in der Kabine. Von draußen hörte sie Kathrin lachen.

Cosma kaufte am Ende ein schwarzes Kleid aus fließendem Stoff, das ihre Knie umspielte und beim Gehen durch die eingearbeiteten Schlitze ihre Beine bis zur Mitte des Oberschenkels zeigte. Das Kleid hatte eine Art eingearbeiteten Gürtel aus Glitzersteinen und wurde am Hals ebenfalls durch eine Manschette gehalten, die mit Glitzersteinen besetzt war. Der Clou an dem Kleid war allerdings der Rückenausschnitt. Außer einem zarten Riegel auf Höhe der Taille war der Rücken komplett frei. Das Kleid war perfekt für Cosma. Sie fühlte sich sexy wie nie, aber trotzdem „angezogen". Die High-Heels-Sandaletten, die durch kleine Bänder gehalten wurden, ließen Cosma aussehen wie eine Ballerina-Deluxe. Das hatte zumindest Kathrin gesagt und die Verkäuferin hatte lächelnd genickt.

Silvester! Kathrin hatte Croissants besorgt und sie tranken Milchkaffee dazu. Typisch Französisch, fand Cosma. Sie war aufgeregt und glücklich. Nach dem Frühstück packten sie ihre Sachen. Sie würden erst am nächsten Tag wieder in die Wohnung zurückkommen. Für die letzte Nacht des Jahres waren sie Gast in einer Suite in dem Hotel, in dem sie auch feierten. Aber vorher gab es ein ausführliches Wellness-Programm. Kathrin hatte noch eine kleine Modenschau zur Silvester-Eröffnung zu Laufen und Cosma war sehr gespannt. Kathrin hatte ihr gesagt, sie dürfe Backstage dabei sein. Doch bevor sie sich in diesen aufregenden Tag stürzten riefen beide noch ihre Familien an. Cosma hatte Herzklopfen als das Freizeichen ertönte. Es klingelte zweimal und dann war ihr Vater am Telefon. „Hi, ich bin's," sagte Cosma und ihr Vater freute sich hörbar und rief laut durchs Haus „es ist Cosma". „Papa," sagte Cosma streng, musste aber trotzdem lachen: „Jetzt bin ich taub." Ihr Vater lachte auch und sie wünschten sich einen guten Rutsch und beteuerten sich gegenseitig, dass sie sich freuten, wenn sie sich wiedersahen. Ihre Mutter war nicht ganz so überschwänglich und Cosma vermutete, dass sie sich irgendwie von ihr hintergangen fühlte, weil sie sich an den Feiertagen davongeschlichen hatte. Cosma erzählte ihr trotzdem oder vielleicht auch gerade deswegen, wie Paris war. Sie wollte nicht, dass ihre Mutter sich ausgeschlossen fühlte. „Mama," sagte Cosma zum Schluss des Gespräches: „Ich hab dich lieb!" Sie hörte ihre Mutter schlucken, sie kämpfte offenbar mit den Tränen: „Ich hab dich auch lieb. Pass gut auf dich auf und sag Kathrin, wir wünschen ihr auch ein frohes neues Jahr."

Als sie aufgelegt hatten brauchte Cosma einen Moment, bis sie wieder zurück in Paris war, aber Kathrin zog sie vom Bett hoch und rief: „Auf in den Kampf." Lachend nahm Cosma ihre Tasche und sie zogen los. Es war nicht weit zum Hotel, also gingen sie zu Fuß. Paris war nach wie vor einfach wundervoll, es fühlte sich samtweich an. Als sie im Hotel ankamen wurden sie schon erwartet. Also eigentlich wurde Kathrin erwartet. Cosma stand unschlüssig da. „Backstage oder Suite. Du hast die Wahl. Bitte entscheiden sie sich jetzt," sagte Kathrin lachend. Cosma strahlte über das ganze Gesicht und sagte voller Überzeugung: „Backstage." Und da saß sie jetzt. Backstage. Das bedeutete Lärm, Hektik, Haarspray und Gesprächsfetzen in allen Sprachen der Welt. Cosma kam sich vor wie auf einem orientalischen Basar. Irgendwer drückte Cosma ein Glas Champagner in die Hand, das offenbar Kathrin organsiert hatte. Es lag eine Spannung in der Luft und plötzlich setzte die Musik ein. Cosma spürte den Bass bis in die Zehenspitzen, sie spürte das Leben in allen Fasern und sie fühlte sich glücklich. Kathrin war inzwischen fertig hergerichtet und nahm sie mit zum Vorhang. Cosma zitterten die Knie, so aufregend war das alles und dann ging es los. Ein Mann mit einem Headset, einem Klemmbrett und hektischen roten Flecken im Gesicht rief nach zwei Mädchen, die offenbar zuerst raus auf den Catwalk sollten. Die beide kamen und Cosma staunte mal wieder, wie groß und dünn ein Mensch sein konnte. Sie sahen zu, hörten Applaus und dann war Kathrin dran. Sie lief souverän über den Laufsteg und Cosma fühlte sich stolz, dass Kathrin ihre

Freundin war. Kaum war Kathrin wieder hinter dem Vorhang, rannte sie auch schon flankiert von zwei Menschen, von denen Cosma keine Ahnung hatte, wo sie urplötzlich herkamen, nach hinten und zog sich quasi im Gehen um. Die Haare wurden mit zwei gekonnten Handgriffen hochgesteckt und schon ging es wieder raus auf den Laufsteg. Wow. Cosma wurde von der Geschwindigkeit in der hier alles passierte schon beim Zusehen schwindelig. Am Ende gingen die Models nochmal gemeinsam auf den Laufsteg und dann war der Spuk auch schon vorbei. Kathrin stand wenig später mit zwei neuen Gläsern Champagner vor ihr, umgezogen in Jeans und Bluse und sah wieder aus, wie das Mädchen von nebenan. „Ab in die Wellness-Oase", sagte Kathrin und Cosma bewunderte sie für ihre Energie, für ihre positive Ausstrahlung.

Wenig später lagen sie auf Kosmetikstühlen in flauschigen Bademänteln und warteten auf ihre erste Anwendung. Kathrin hatte ihr den Lieblingsstuhl am Fenster überlassen. Sie hatte einen atemberaubenden Ausblick über die

Stadt und Cosma konnte nicht verhindern, dass ihr die Tränen kamen. Sie war glücklich, so glücklich wie noch nie und gleichzeitig schämte sie sich; sie hatte ein schlechtes Gewissen und fühlte sich, als würde sie ihre Familie verraten, weil das hier allem widersprach, woran ihre Familie glaubte. Das hier war nicht bodenständig und zielführend. Es war verschwenderisch und unnötig und Cosma liebte es. Sie wollte das hier auch nicht jeden Tag, aber sie mochte es. Sie schluchzte auf und Kathrin streckte die Hand zu ihr rüber und sagte: „Hey, nicht weinen. Es ist alles gut. Das ist Paris. Am Anfang ist es ein bisschen viel, vor allem, wenn man so bodenständig aufgewachsen ist, wie wir." Cosma nickte und schniefte. Dann öffnete sich die Tür und Cosma und Kathrin schwebten in den nächsten zwei Stunden im Entspannungshimmel.

Nach Massage, Maniküre, Pediküre und frisch gelackten Nägeln lagen sie im Ruheraum. Kathrin war schnell eingeschlafen, aber Cosma brauchte eine Weile, bis die entspannte Müdigkeit sie übermannte.

„Aufwachen," flüsterte Kathrin eine Stunde später an ihrem Ohr. „Bereit die Schönste im ganzen Land zu werden?" Cosma lächelte müde und nickte. Sie zogen sich an und dann ging es weiter: Frisur und Make-up. Cosma musste lachen und Kathrin sah sie fragend an: „Ich fühl mich wie bei Shopping Queen. Nur noch Haare und Make -up und dann sind die vier Stunden um und ich muss auf den Laufsteg." Kathrin lachte und imitierte Guido Maria Kretschmar als sie die Stirn in Falten legte und sagte: „Dieses Kleid ist Fashion Terror. Das tut nichts für sie." Sie lachten, bis der Make-up-Artist sich räusperte und sie auf die Stühle bat. Kathrin hatte darauf bestanden, dass die Spiegel abgehängt wurden und vor allem Cosma sich nicht vorher sah. Sie hatte Cosma gefragt ob sie ihr vertraute und sie hatte beschwipst vor Glück und vielleicht auch noch ein bisschen vom Champagner ja gesagt. Umso länger es dauerte umso mehr Angst hatte Cosma. Es wurde an ihren Haaren nicht nur gestylt, sondern auch geschnitten und … gefärbt? Cosma war sich nicht sicher. Das Make-up war sicher viel zu stark, es dauerte ewig und Cosma trug sonst nie groß Make-up.

Kathrin verbot ihr in den Spiegel zu sehen, bevor sie sich umgezogen hatten. Als Cosma ihre Sandaletten anzog fühlte sie sich wunderschön. Ihre Hand- und Fußnägel waren so perfekt gelackt in einem wunderschönen dunklen Rotton. Ihre Haut wirkte so glatt und sie fühlte sich, als würde sie leuchten. Sie wollte eigentlich gar nicht in den Spiegel gucken, um das wundervolle Gefühl nicht zu zerstören. Sie hatte Angst, dass sie sich nicht gefiel. Doch ein Blick in Kathrins Gesicht sagte ihr, dass sie es nicht bereuen würde. „Nicht weinen", sagte Kathrin noch gespielt streng, bevor der Spiegel wieder freigegeben wurde und Cosma stand wie vom Donner gerührt vor dieser Frau im Spiegel die sie nicht kannte. Sie hob eine Hand und die Frau im Spiegel auch. „Oh, mein Gott," sagte Cosma. Mehr bekam sie nicht heraus. „Gefällt es dir, also, gefällst du dir," fragte Kathrin. Cosma nickte und flüsterte Kathrin zu: „Danke." Kathrin schüttelte den Kopf und sagte: „Ich hab' nichts gemacht, das war schon immer da. Du hast es nur nicht gesehen. Und jetzt lass uns feiern."

8

Als Cosma am Sonntag wieder im Flugzeug auf dem Weg nach Hamburg saß fühlte sie sich, als wäre sie ein ganz neuer Mensch. Ein ganz anderer Mensch, sie fühlte sich wertvoller. Blödes Wort, dachte Cosma, aber es fiel ihr kein anderes ein. Die Silvesterparty war wirklich „Schickimicki" gewesen, aber sie hatten so viel Spaß gehabt. Es war fast, als würde sie als Kind in den hohen Schuhen von Mama laufen: Man passte nicht ganz rein, und doch fühlte man sich erhaben und besonders. Zum neuen Jahr lagen sie sich in den Armen und tranken Champagner. Eindeutig zu viel an diesem Abend aber Cosma war glücklich. Das war das Gefühl, das sie in ihrem Leben wollte. Dieses glückliche Gefühl, dass alles gut ist oder wird, weil man weiß, dass man es schaffen kann.

Ihre Eltern holten sie natürlich vom Flughafen ab. „Schöne Grüße von Onkel Sven, er wünscht dir ein frohes neues Jahr," sagte Cosmas Mutter nicht ohne Vorwurf. Cosma lächelte und sagte: „Ja ich weiß Mama, er hat es mir am Telefon gesagt, als wir Neujahr telefonierten." Ihr Vater brummelte etwas Unverständliches und nahm ihr den Koffer ab. Nicht zum ersten Mal in den letzten Monaten wünschte Cosma sich, dass sie jetzt in eine eigene Wohnung fahren könnte, in ihr kleines zu Hause in dem sie noch ein bisschen von Paris träumen konnte. Sie kamen zu Hause an und Cosma ging nach oben um ihren Koffer auszupacken. Sie hatte ihn gerade aufgeklappt, als Kathrin ihr eine Nachricht schickte mit einem Foto von Ihnen beiden, als sie in Paris bummeln gewesen waren. „Schön, dass du da warst." Cosma setzte sich neben den Koffer auf das Bett und dachte: „Ja. Schön, dass ich da war." Sie hatte einen Schritt gewagt und alles war gut gegangen. Entgegen der Befürchtungen ihrer Eltern war sie weder mit dem Flugzeug abgestürzt, noch in Paris entführt worden. Sie hatte sich nicht verlaufen und Kathrin hatte sie nicht „für ihre Schickimicki-Freunde" einfach alleine irgendwo stehen lassen. Sie war nicht alleine gewesen und sie war nicht einsam gewesen. Weiter kam Cosma mit ihren Gedanken nicht, weil ihre Mutter von unten rief: „Cosma. Kaffee ist fertig." Cosma klappte den noch nicht ausgepackten Koffer wieder zu und ging hinunter. Auspacken konnte sie auch später noch. Später. Irgendwie wurde sie das Gefühl nicht los, dass sie alles auf später verschob.

Als sie am Montag ins Büro kam standen auf ihrem Tresen Berliner für alle. Schöne Tradition, Berliner essen zu Silvester, oder eben danach, wenn man sich vorher nicht sah. Auf ihrem Schreibtisch hatte sich einiges angesammelt und zuoberst lag ein Zettel, der sie darauf hinwies, dass um 11 Uhr allgemeine Besprechung im großen Sitzungszimmer war. Cosma lächelte und dachte daran, dass diese Ausblick-Rückblick-Termine auch in jedem Jahr die gleichen waren. Wenn sie geahnt hätte, wie sehr sie sich in diesem Fall täuschen sollte.

Um 11.10 Uhr herrschte Tumult im Sitzungszimmer und Cosma hatte noch immer nicht
verstanden, was ihnen gerade eröffnet worden
war. Das Büro wurde geschlossen und abgewi-
ckelt. Alle Arbeitsverhältnisse wurden fristge-
recht gekündigt. Man bedankte sich für die
gute Zusammenarbeit, es hätte nicht an den
Mitarbeitern gelegen. Man würde eine Abfindung zahlen, auch wenn das rechtlich nicht er-
forderlich sei. Man sei den Mitarbeitern zu
Dank verpflichtet und „Wer weiß, wo man sich
nochmal wiedersieht." Cosmas Gefühle fuhren
Achterbahn. Sie würde demnächst arbeitslos
sein. Sie musste sich arbeitssuchend melden.
Was würden ihre Eltern dazu sagen. Sie sah
schon die Sorgenfalten auf der Stirn ihres Vaters. Wie sollte sie ihrem Vater erklären, dass
die Firma schloss, weil die Inhaber, drei
Freunde aus Studententagen beschlossen hatten die Welt zu erobern. Zu dritt mit dem Ruck-
sack auf unbestimmte Zeit. Alle waren noch
ungebunden und hatten in den letzten Jahren
offenbar auf diesen Tag hingearbeitet. Das
Thema „Weltreise" war auch immer mal ange-
klungen, aber wie ernst nahm man so etwas?

Cosma hatte es definitiv nicht ernst genommen und in ihr kämpften „Das kann man doch nicht machen und alle im Stich lassen" gegen „Die Leben ihren Traum, ich beneide sie." Wer den Kampf gewann war unklar.

Cosma fuhr nach Hause und entgegen der sonstigen Gewohnheiten war niemand da. Im Flur lag ein Zettel, dass ihre Eltern bei den Nachbarn seien. Cosma ging hinauf in ihre Wohnung machte sich eine Norah Jones CD an und sah hinaus in die Nacht. Es war erst halb sieben, aber zu dieser Jahreszeit schon stockdunkel. Cosma ging in die Küche und öffnete ihren Kühlschrank. Gähnende Leere. Wofür sollte sie auch einkaufen, ihre Eltern kauften ja regelmäßig alles Nötige ein. In der Tür stand eine Flasche Champagner, die sie zu Weihnachten von Bohlen, Peters & Müller bekommen hatte. Die hatte sie Silvester mit ihrer Familie trinken wollen. Silvester. Cosma ging in Gedanken zur Vitrine, holte sich ein Sektglas und öffnete die Flasche. Ein ganz normaler Montagabend an dem sie eine Flasche Champagner öffnete. Sie machte ein Foto von sich mit einem Glas und schickte es Kathrin nach Paris und ihrer besten Freundin Stefanie nach Dénia mit den Worten: 4. Januar und ich bin arbeitslos. Guter Zeitpunkt für einen Neuanfang. Kathrin schickte ihre einen erschreckten Smiley und fragte, was passiert sei. Aber Cosma kam nicht zum Antworten, weil Stefanie schon anrief. Cosma trank einen Schluck vom Champagner und nahm dann das Gespräch an mit den Worten: „Hey Süße, schön, dass du anrufst". Sie bemühte sich fröhlich zu klingen. „Lass den Quatsch," hörte sie auf der anderen Seite die Stimme ihrer besten Freundin. „Was ist passiert und wie geht's dir?" Cosma atmete tief ein und noch bevor sie ein Wort gesagt hatte brach sie in Tränen aus. Es wurde ein langes Telefonat. Cosma erzählte Stefanie alles. Sie erzählte von Paris und davon, dass sie so gerne etwas in ihrem Leben ändern würde, jedoch nicht wusste wie. Ein Thema, über das sie schon unzählige Male gesprochen hatten. Stefanie hatte schließlich etwas verändert und war nach Spanien gegangen. Sie hatte mit Michael ihre große Liebe gefunden und es sah nicht so aus, als hätten die beiden die Absicht in absehbarer Zeit zurückzukommen. Cosma hatte während des Telefonates schon zweimal nachgeschenkt und merkte die Wirkung des Champagners immer mehr. „Ich glaub, du bist beschwipst, Süße," lachte Stefanie irgendwann am anderen Ende der Leitung. „Bist du noch aufnahmefähig für eine sensationelle Neuigkeit?" Cosma wanderte durch ihre Wohnung und kam gerade wieder im Schlafzimmer an, in dem der nicht ausgepackte Koffer immer noch lag, mittlerweile allerdings auf dem Fußboden. „Trommelwirbel," sagte Stefanie und dann ganz feierlich: „Wir werden heiraten!" Cosma setze sich fast neben das Bett und der Champagner schwappte fast über in ihrem Glas. „Was? Im Ernst? Du hast einen Antrag bekommen? Wann? Und warum weiß ich das noch nicht? Ich freu mich so sehr für dich. Du musst mir alles erzählen." Als ihre Eltern gegen 21 Uhr nach Hause kamen telefonierte sie immer noch mit Stefanie. Ihre Mutter winkte kurz um die Ecke um zu signalisieren, dass sie wieder da seien und jetzt auch bald schlafen gingen.

Cosma nickte und winkte mit dem Sektglas zurück. Der Blick ihrer Mutter beim Anblick der halbleeren Flasche sprach Bände. Würde sie jetzt nicht telefonieren, würde ihre Mutter garantiert fragen, ob sie denn morgen nicht arbeiten müsse, wenn sie sich an einem Montagabend betrinken würde. Aber glücklicherweise telefonierte Cosma und ihr blieb nicht nur die Mahnung ihrer Mutter erspart, sondern auch ihr zu sagen, dass sie ihren Job verlor.

Als sie das Telefonat schließlich beendeten war klar, dass Cosma im September nach Dénia fahren würde um als Trauzeugin ihre Freundin unter die Haube zu bringen. Cosma freute sich wirklich für sie, trotzdem flammte in ihr der Gedanke auf, dass sie bald Siebenundzwanzig werden würde und quasi immer noch in ihrem Kinderzimmer wohnte, auch wenn das mittlerweile um Küche und Bad erweitert worden war. Es musste sich etwas ändern. Sie musste etwas ändern. Sie schenkte sich noch ein halbes Glas Champagner ein und stellte die Flasche zurück in den Kühlschrank. Dann setzte sie sich an den Schreibtisch, legte ein leeres

Blatt vor sich und einen Stift daneben. Sie atmete tief ein und wieder aus und nahmen den Stift: „Was ich wirklich will". Cosma merkte, wie ihre Hände zitterten. „Komm Cosma," sprach sie sich selbst Mut zu, „das ist nur ein Blatt Papier und ein Stift. Sei einmal ehrlich. Wenigstens zu dir selber." Sie nahm noch einen Schluck und merkte, wie sie beim Schreiben den Atem anhielt. Als die Liste fertig war, lehnte sie sich zurück und sah auf die Punkte, die sie gerade aufgeschrieben hatte, als sähe sie sie zum ersten Mal.

Was ich wirklich will:
Ich will malen.
Ich will am Meer wohnen.
Ich will glücklich sein.

Drei Punkte. Das war alles? So einfach und doch so unerreichbar. Sie nahm ihr Notebook und loggte sich beim Arbeitsamt ein um sich arbeitssuchend zu melden. Sie musste realistisch bleiben. Sie brauchte einen Job, der ihr Leben finanzierte. Ihr Leben. Was genau war das für ein Leben?

Am nächsten Morgen musste Cosma feststellen, dass sie einen kleinen Kater hatte. Sie trank ja sonst fast nie etwas. Feiertage mal ausgenommen. Sie setzte sich zu ihren Eltern an den Frühstückstisch und ihre Mutter bemerkte nicht ohne Vorwurf: „Du siehst müde aus" und Cosma sagte ohne von ihrem Toast aufzublicken: „Ich bin gestern gekündigt worden." Ihrem Vater fiel vor Schreck das Messer aus der Hand. „Was? Wieso das denn? Was hast du denn gemacht?" Auch mal wieder typisch dachte Cosma und merkte wie sich der Widerstand in ihr regte. Immer musste sie etwas „gemacht" haben. Konnte er nicht einfach fragen, was passiert ist oder so? Irgendeine Formulierung, die nicht gleich beinhaltete, dass sie irgendwas falsch gemacht hatte. Ihr Vater wartete ihre Antwort gar nicht ab, sondern ging ins Wohnzimmer um mit dem Telefon in der Hand zurückzukommen. „Ich ruf Karl-Heinz an. Du brauchst jetzt einen Anwalt." Cosma stellte ihren Kaffeebecher mit Schwung ab und sagte lauter als erwartet: „Nein, brauche ich nicht.

Ich habe nichts getan. Die Agentur wird geschlossen, weil die Inhaber sich ihren Lebenstraum erfüllen und um die Welt reisen." Ihr Vater sah sie an als hätte sie ihm gerade eröffnet, dass sie den Papst heiraten werde. Ihre Mutter fand die Sprache zuerst wieder: „Das ist ein Scherz, oder? So egoistisch können die doch nicht sein." Cosma stand genervt auf und sagte: „Doch Mama. Das können die. Es ist nämlich ihre Agentur und ihr Leben. Und manche Menschen machen in ihrem Leben eben, was sie möchten. Sie machen, was sie glücklich macht." Cosma ging in den Flur holte ihre Tasche und sagte: „Ach ja, übrigens schöne Grüße von Stefanie. Sie heiratet im September und ich bin Trauzeugin." Damit verließ Cosma das Haus und fühlte sich wie im Schleudergang. Sie hasste Konfrontationen, vor allem mit ihren Eltern. Was das anging hatte sie sich nicht wirklich weit von Melanie entfernt, aber Cosma wollte etwas. Sie wollte etwas vom Leben und auch wenn sie nicht wusste, wie sie es bekommen sollte, dann wollte sie es doch versuchen.

9

Zwei Monate vor ihrem 27. Geburtstag saß
Cosma das erste Mal in ihrem Leben beim Arbeitsamt. „Vorname?", frage die Sachbearbeiterin gelangweilt aber nicht unfreundlich.
„Cosma-Melanie." Die Sachbearbeiterin sah
kurz auf: „Im Ernst? Entschuldigung, geht mich
ja nichts an" und nach einer kurzen Pause „Ge-
burtsdatum?" Cosma fragte sich, wofür sie eigentlich den Bogen ausgefüllt hatte mit ihren
ganzen Daten und antwortete 1. April 1990."
Die Sachbearbeiterin sah auf ihr Formular, in
den PC und dann wieder Cosma an: „Sie suchen
einen neuen Job zum 1. Mai? Das ist ja noch
lange hin. Da machen wir mal einen Termin für
Mitte April und wir schicken ihnen dann Stel-
lenvorschläge, wenn wir was für sie haben."
Cosma nickte und füllte gemeinsam mit der
Sachbearbeiterin ihr Stellenprofil aus. „Es muss
auch nicht zwingend Grafikdesign sein," sagte

Cosma und wie aus einer plötzlichen Einge-
bung sagte sie: „Es muss auch nicht Hamburg
sein." Die Sachbearbeiterin vermerkte alles
und verabschiedete Cosma mit der Aussicht
auf Post. Cosma stand mit klopfendem Herzen
vor der Agentur für Arbeit und dachte: Es muss
auch nicht Hamburg sein? Was hatte sie sich
denn dabei gedacht? Wenn die sie jetzt nach
München schickten? Cosma rief sich selbst zur
Ordnung: Hier schickt überhaupt niemand jemanden irgendwo hin, da hast du auch noch
ein Wörtchen mitzureden. Trotzdem merkte
Cosma, dass sie den ganzen Tag über unkon-
zentriert war im Büro. Als sie nach Hause kam,
erwartete sie ihre Mutter schon winkend mit
einem Briefumschlag: „Hochzeitspost", rief sie
flötend und Cosma war klar, dass ihre Mutter
keine Ruhe geben würde, bis sie die Karte geöffnet hatte. Cosma tat ihr den Gefallen und
reichte ihrer Mutter die Karte weiter, nachdem
sie sie kurz überflogen hatte. Ihre Mutter kam
aus dem Oh und Ah gar nicht wieder heraus.
„Ist Stefanie eigentlich schwanger?" Cosma
verdrehte die Augen und musste doch ein biss-

chen lachen: „Nein, Mama, stell dir vor, die heiraten einfach aus Liebe." Ihre Mutter strich ihr über die Haare und lächelte: „Du findest auch noch den Richtigen." Cosma lachte und sagte: „Ach, Mama, mach dir keine Sorgen, ich hab noch gar nicht richtig gesucht." Ihr Vater war beim Kegeln und ihre Mutter schlug vor gemeinsam fernzusehen. Cosma sagte, sie sei müde und ging nach oben in ihre Wohnung. Ohne groß darüber nachzudenken nahm sie ihr Notebook und ging auf die Seite einer Immobilienplattform. Sie gab „Kühlungsborn" in das Suchfeld ein und stellte fest, dass die freien Wohnungen in Kühlungsborn nicht gerade üppig gesät waren und die die es gab waren zu groß und vor allem zu teuer. Cosma hatte Kühlungsborn schon immer gemocht, vor allem den Ostteil mit dem kleinen Hafen, den Restaurants und kleinen Geschäften. Wie oft war sie morgens vor allen aufgestanden, wenn sie bei Onkel Sven gewesen waren und war vom West- in den Ostteil gegangen. Hatte aufs Wasser geguckt. Wenn sie genauer darüber nachdachte, war sie nie glücklicher gewesen als dort. Lag das daran, dass sie immer Urlaub hatte, wenn sie dort waren? Oder war es einfach dieser Ort, das Meer und die Tatsache, dass sich Cosma dort immer irgendwie angekommen gefühlt hatte. Komisch, dass ihr das gar nicht klar gewesen war. Sie wollte nicht nach München oder wohin auch immer sie das Arbeitsamt schickte, sie wollte ans Meer. Und zwar nicht irgendwo ans Meer, sie wollte nicht die Welt erobern, sie wollte dorthin. Cosma beschloss für ein paar Tage nach Kühlungsborn zu fahren. Sie rief ihren Onkel an und der war hoch erfreut sie mal wieder für ein paar Tage zu sehen. Sie fuhr sonst eigentlich nie ohne ihre Eltern dorthin. Ihre Eltern waren überrascht, aber da sie zu Verwandten fuhr stellten sie auch keine Fragen.

Also fuhr sie nach Kühlungsborn. Im grauen Februar, außerhalb der Saison. Als sie das erste Mal am grauen, wilden Meer stand wusste sie, dass sie dort leben wollte. Es war nicht der Urlaub, es war nicht der Sommer oder die Sonne, es war dieser Ort, der sich unbemerkt in ihr Herz geschlichen hatte. Sie ging viel spazieren in den Tagen an denen sie dort war. An einem der Tage kam sie an dem Fahrradgeschäft vorbei, wo sie sich früher oft Räder geliehen hatten. Sie stellte fest, dass ein Schild an dem Geschäft hing: Wir schließen. Oh nein, dachte Cosma, wie schade. Vor dem Geschäft kam sie mit dem Inhaber ins Gespräch, der ihr erzählte, dass er das Geschäft aufgab, weil er keinen Nachfolger habe. Cosma nickte: „Das ist schade, wir haben hier früher oft unsere Räder gemietet. Wann ist denn der Mietvertrag hier beendet?" Der Mann lächelte und sagte: „Fritz Walter, wie der Fußballer," erhielt ihr die Hand hin, die Cosma lächelnd ergriff. „Ich erinnere mich an sie. Ihr Onkel wohnt hier, im Westteil? Und was den Mietvertrag angeht, das ist mein Haus, ich kann also schließen wann ich will, aber ich suche erstmal nach einem Nachmieter." Cosmas Herz schlug so laut, dass sie glaubte Fritz Walter müsse es hören, als sie sagte: „Was kostet denn der Laden an Miete?" Der Mann zog die Augenbrauen hoch und lächelte: „Sind sie interessiert? Kommen Sie doch rein und sehen sie sich alles an. Hinten gibt es auch noch ein Büro. Wohnen Sie auch in Kühlungsborn?" Cosma schüttelte den Kopf und sagte: „Noch nicht, aber ich arbeite daran." „Na dann," sagte Fritz Walter: „Herzlich willkommen. Übrigens gibt es über dem Geschäft auch noch eine kleine Wohnung. Ich könnte ihnen einen guten Preis machen, wenn sie beides mieten. Bleibt ja sozusagen unter Kühlungsbornern." Cosma lachte und sagte: „Ja, bleibt es… sozusagen."

Ein paar Tage später fuhr Cosma wieder nach Hamburg. In der Tasche einen Mietvertrag für ein Geschäft und eine Wohnung. Fritz Walter hatte ihr wirklich einen guten Preis gemacht und ihr zugesagt, noch ein paar Umbauten vorzunehmen. Er wollte sich auch an der Lichtanlage beteiligen, nachdem Cosma ihm sagte, dass sie in dem Geschäft eine kleine Kunstgalerie für Jedermann plane. Sie wollte dort ihre Bilder ausstellen, verkaufen und das Ganze vielleicht noch mit ein paar Souvenirs ergänzen. Ihre Bilder zu Postkarten zu machen, war schon lange ein Plan gewesen. Sie wusste auch schon, wie die Überschrift über den Karten wäre: „Kunst to go." Cosma plante und freute sich über jeden Schritt den sie machte. Sie hatte mit dem Mann besprochen, dass sie im April einziehen und im Laufe des Mais den Laden offiziell eröffnen würde. Cosmas Plan war, dass sie im April eine Art Eröffnungsfeier machen würde, quasi eine erweiterte Geburtstagsfeier. Das Ganze war so aufregend. Sie hatte keine Ahnung wie das finanziell gehen würde aber sie hatte ihr Erspartes und die Abfindung. Ein bisschen Luft hatte sie schon gerade die Anfangszeit auch ohne Einnahmen zu überstehen. Der einzige riesengroße Stein, der ihr im Magen lag war das Gespräch mit ihren Eltern, das sie noch vor sich hatte. Sie wusste, dass es richtig Ärger geben würde. Ihr Vater würde sie nicht verstehen, würde wieder davon anfangen, dass sie schon immer geglaubt habe etwas Besseres zu sein. Ihre Mutter würde wahrscheinlich kaum etwas sagen und nur weinen, was das Ganze auch nicht besser machen würde.

Am Samstag nach dem Frühstück schien der Moment gekommen. Sie hatte keine Ahnung wie sie anfangen, was sie sagen sollte. Damit sie sich nicht wieder drückte fing sie einfach mal mit dem Satz an: „Ich muss euch etwas Wichtiges sagen". Das führte dazu, dass sie ab diesem Moment die komplette Aufmerksamkeit ihrer Eltern hatte und keine Ahnung, was sie als Nächstes sagen sollte. Es war das erste Mal, dass sie ganz alleine Entscheidungen getroffen hatten. Ohne es mit ihren Eltern zu besprechen und dann auch noch solche Hirngespinste, wie ihr Vater sagen würde. Cosma beschloss mit dem vermutlich einfachsten aller Neuigkeiten anzufangen: „Ich werde ausziehen!" Ihre Eltern sahen sie sprachlos an und Cosma nutzte den Moment, der sicherlich nicht mehr lange anhalten würde und setzte hinzu: „Ich ziehe nach Kühlungsborn, im April." Ihr Vater fand seine Sprache als erstes wieder: „Blödsinn. Das machst du nicht. Warum auch. Wie kommst du bloß auf solche Idee. Das ist bestimmt auf dem Mist von deinem Bruder gewachsen", der letzte Satz galt ihrer Mutter, die sofort gegenhielt: „Was hast du bloß immer gegen meinen Bruder." Cosma sah zwischen ihren Eltern hin und her, während sie sich über das eine oder andere „unmögliche" Familienmitglied ausließen. „Tja," sagte Cosma und stand auf, „wenn ihr sonst keine Fragen mehr an mich habt, dann gehe ich mal nach oben. Dieses Mal schaltete ihre Mutter als erstes. „Momentmal Fräuleinchen. Du setzt dich schön wieder hin. Wir sind noch nicht fertig." Cosma versuchte nicht zu lachen und sagte: „Oh ha. Klingt als würde ich wohl heute Mittag keinen Nachtisch bekommen." Ihr Vater sagte streng: „Das ist nicht witzig." Aber Cosma sah das Zucken im Gesicht ihrer Mutter und konnte selber das Lachen nicht mehr zurückhalten. Also prusteten sie beide los und ihr Vater konnte sich ein Lachen auch nicht verkneifen. Cosma beruhigte sich als erstes. „Mal im Ernst," sagte sie nach Luft schnappend, „ich bin fast siebenundzwanzig, es wird Zeit, dass ich meine eigenen Entscheidungen treffe." Ihr Vater meinte nur „Auf gar keinen Fall", doch dann wurde ihm klar, dass sie Recht hatte. Sie war erwachen, sie konnte alles tun, auch wenn es ihm nicht gefiel. „Na dann, setzen wir uns doch alle mal wieder hin. Ich hole noch einen Kaffee, ich glaube, das hier dauert länger. Offenbar gibt es da noch ein paar Wissenslücken bei deinem Vater und mir."

Sie redeten bis es fürs Mittagsessen Zeit war. Wie schon erwartet waren ihre Eltern nicht begeistert. Ihr Vater konnte diesen „Kunstkram", wie er sagte, nicht verstehen. Sie sollte sich doch lieber einen anständigen Job suchen. So schwer könne das doch nicht sein und Cosma sagte: „Eben Papa, und eben weil das nicht so schwer sein kann, versuche ich jetzt erstmal was anderes." Ihr Vater schnaubte und Cosma beugte sich zu ihm hinüber und legte ihre Hand auf seine: „Bitte Papa. Ich werde es auf jeden Fall versuchen, aber ich würde es lieber mit eurem Segen versuchen." Cosmas Stimme war flehentlich, „Bitte! Nur ein Jahr. Wenn es nicht funktioniert, dann gehe ich wieder in eine Agentur oder irgendein anderes Büro, oder sowas." Ihr Vater sah sie an: „Ein Jahr? Du willst es wirklich, oder? Du willst auch so ein Sonntagsweibchen werden. Deine alten Eltern sind dir nicht mehr gut genug." Cosma stand auf und nahm das Gesicht ihres Vaters in beide Hände: „Ich danke dir. Ich danke euch und ich verspreche euch, dass ich nicht zu leichtsinnig sein werde." Ihre Mutter sah sie zweifelnd an:

„Nicht ZU leichtsinnig.? Ausreden können wir dir das Ganze nicht mehr, oder? Cosma schüttelte den Kopf und sagte nichts, weil ihr Hals eng und ihre Augen voll mit Tränen war. Sie liebte ihre Eltern und wollte sie weder verlieren noch verletzen. Und doch war es an der Zeit, dass sie sich auf die Suche nach ihrem eigenen Weg machte und ihr Gefühl sagte ihr, dass Kühlungsborn an diesem Weg lag. Wer sagte denn, dass man immer ans Mittelmeer oder Australien auswandern musste? Ihr Herz musste dahin, wo es glücklich war und am Glücklichsten war sie bisher immer in Kühlungsborn gewesen, an der Ostsee. Vielleicht war Cosma auf eine seltsame Art doch bodenständiger als sie dachte.

10

In der letzten Märzwoche begann ihr Abendteuer. Sie hatte einen großen Transporter gemietet und diesen mit einigen Möbeln und vor allem mit Bildern, Rahmen, Staffeleien und allem, was sie sonst noch brauchte beladen. Ihre Eltern hatten ihr angeboten sie finanziell zu unterstützen. Sie hatte abgelehnt und gesagt, sie würde sich die Hilfe aufheben wollen, für den „Notfall". Sie hatte einige Möbel und Zubehör über Kleinanzeigen gekauft und wollte diese jetzt auf dem Weg nach Kühlungsborn einsammeln. Ihre Eltern wollten am Nachmittag ebenfalls nachkommen und helfen.

Cosma schlug die Ladeklappe des Transporters zu und machte einen weiteren Haken an einen der Posten auf ihrer Liste. Noch wenige Stationen, bis sie nach Kühlungsborn durchstarten konnte. Sie lag gut in der Zeit. An der nächsten Adresse wollte sie ein Regal für ihre Kunstgalerie abholen. Ihre Kunstgalerie. Wie das klang. Sie suchte die Adresse und warf noch einem letzten Blick auf den Zettel „klingeln bei Wächter". Sie klingelte und durch die Gegensprechanlage erklang eine männliche Stimme: „2. Stock.". „Okay," sagte Cosma und ging, immer zwei Stufen auf einmal nehmend nach oben. Sie klingelte an der Tür, mit dem Namensschild

Wächter. Als die Tür geöffnet wurde, wäre Cosma fast wieder rückwärts die Treppe runtergefallen. Ihr gegenüber stand der komische Typ, der dafür gesorgt hatte, dass sie im Koma gelandet war. Der komische Typ aus der Bahn. Ihre Eltern hatten ihr erzählt er hätte eine Geldstrafe bekommen wegen Körperverletzung, weil man ihm wohl nicht mal Fahrlässigkeit wirklich nachweisen konnte. Ungeschicklichkeit ist ja kein Straftatbestand, das hatte Cosma schon damals so gesehen. Ansonsten wäre sie wohl lebenslänglich im Gefängnis gelandet, so ungeschickt wie sie war Der Typ an der Tür brauchte einen Moment bis er sie erkannte und dann noch einen Moment, bis er seine Sprache wiederfand. „Hey," sagte er, „ich heiße Felix Wächter". Mit einem verlegenen Lächeln fügte er hinzu: „Wenn ich mich das schon damals getraut hätte, hättest du nicht diesen schrecklichen Unfall gehabt." Cosma grinste und sagte: „Hi, ich bin Cosma. Und wenn ich mich das damals schon getraut hätte, wäre ich nicht vor dir weggelaufen und du hättest nicht hinter mir herrennen müssen." Felix lächelte auch. Die Tür wurde ganz aufgerissen und es erschien ein Typ etwa in Cosmas Alter. Er trug Jeans und T-Shirt, offenbar Muskeln darunter und grinste Cosma irgendwie unverschämt und anzüglich an. Cosma hob kurz die Hand und sagte: „Hey, ich bin Cosma". Und der unverschämte Typ fing an zu Lachen und sagte „Echt? Du heißt Cosma?" Cosma zuckte mit den Schultern und sagte: „Was soll ich sagen. Schuldig. Meine Eltern hatten Humor." Der Typ lachte und sagte: „Du gefällst mir", er streckte ihr die Hand entgegen und sagte: „Ich heiße Thor," und Cosma merkte wie Felix anfing zu grinsen, als Cosma noch einmal kurz einen Blick auf das Namensschild an der Tür warf. Jetzt lachte sie und sagte: „Im Ernst? Du heißt Thor Wächter." Thor lachte laut und sagte: „Tja, offenbar hatten meine Eltern auch Humor." Cosma lachte auch. Dieser Thor gefiel ihr. Er hatte auf jeden Fall Humor. Felix schaltete sich etwas genervt ein. „Das ist mein unmöglicher Bruder und nein unsere Mutter hatte keinen Humor, sondern hat schlicht nochmal geheiratet und uns einen neuen Nachnamen verpasst," er schüttelte den Kopf und warf mit gerunzelter Stirn einen Blick auf seinen Bruder.

„Willst du auf einen Kaffee reinkommen,"
fragte Felix und Cosma dachte nicht lange darüber nach und sagte ja. „Ich denk, die Kleine
holt nur das Regal ab. Seit wenn gehst du denn
so ran, Brüderchen?", fragte Thor. Felix wurde
über und über rot und sagte, „das ist das Mädchen von dem Unfall." Thor hörte augenblick-
lich auf zu lachen und sagte: „Ach, die aus der
Bahn, die du vor das Auto geschubst hast." Bevor Felix etwas sagen konnte, sagte Thor nur:
„Scherz!" Komm rein, ich mache Kaffee."

Die drei saßen viel länger zusammen, als
Cosma eigentlich Zeit hatte, aber sie unterhielten sich gut und Cosma musste feststellen,
dass Felix gar nicht so ein übler Typ war. Nied-
lich irgendwie, lieb und sehr aufmerksam; im
Gegensatz zu seinem Bruder Thor, der eher etwas anstrengend war. Allerdings auch sehr lus-
tig. Als sie sich nach fast zwei Stunden an der
Haustür verabschiedeten sagte er: „Ich wünsch
dir viel Glück in Kühlungsborn, vielleicht sieht
man sich mal." Felix hatte zustimmend genickt
und Cosma fand, dass Thor ihre Hand eine Spur

zu lange festhielt, aber vielleicht bildete sie sich das auch nur ein.

Die restlichen Sachen, die sie abholen musste waren schnell eingepackt. Cosma kam trotzdem mit einer saftigen Verspätung in Kühlungsborn an. Ihre Eltern hatten ihr zwischenzeitlich geschrieben, dass sie einen Kaffee trinken gegangen waren und so kam Cosma alleine vor dem Geschäft, ihrer „Kunstgalerie" an. Fritz Walter winkte ihr zu und bedeutete ihr, den Transporter hinter dem Haus zu parken. Die Galerie hatte dort auch noch einen Ausgang zum Garten und Cosma fuhr vorsichtig durch die enge Einfahrt. Als sie gerade ausstieg hörte sie auch schon ihre Eltern, die mit Fritz Walter im Gespräch waren. Offenbar kannten sie sich noch von den diversen Familienausflügen. Ein guter Moment nochmal allein in ihren Laden zu gehen. Cosma stand in dem kleinen Vorflur und blickte durch die Galerie über die Straße. Durch den mit Bäumen bewachsenen Streifen, der die Straße mit den Hotels und kleinen Läden von der Promenade trennte erahnte sie das Meer mehr als sie es sah. Doch sie wusste, dass es da war und dass die Sonne, die inzwischen schien sich wunderbar auf den Wellen brach. Keine zwei Minuten und sie wäre am Meer; Cosma überlegte gerade, ob sie einen kurzen Blick auf das Meer werfen sollte, da entdeckten ihre Eltern sie. Cosma schloss die Tür auf und ließ sie hinein. Ihre Eltern sahen sich fachmännisch um und ihr Vater gab sich alle Mühe nicht zu zeigen, wie sehr ihm der Laden gefiel. Er murmelte etwas von „noch viel Arbeit" und Cosma umarmte ihn überschwänglich und sagte: „Ist es nicht wunderbar?" Sie lachte dabei und fühlte sich, als würde ihr Herz vor Glück aus ihrer Brust springen. Als sie ihre Mutter umarmte sah sie, dass diese Tränen in den Augen hatte. „Mama", sagte Cosma, „ich bin so glücklich." Ihre Mutter nickte und sagte mit einem kleinen Lächeln: „Ja, das ist mir nicht entgangen." Kurze Zeit später kamen auch ihr Onkel Sven und ihr Neffe Konstantin um zu helfen. Sie hatten noch ein paar Freunde mitgebracht und so war der Transporter im Handumdrehen leergeräumt. Die Möbel in der kleinen Wohnung über dem Geschäft waren schnell aufgebaut und die Kunstgalerie würde Cosma in den nächsten Tagen in Angriff nehmen. Es gab noch ein paar Formalitäten zu klären, aber Cosma war voller Tatendrang und fühlte sich energiegeladen, wie noch nie in ihrem Leben.

Nachdem sie ausgeräumt hatten, saßen sie bei Kartoffelsalat und Würstchen zusammen. Der Kartoffelsalat ihrer Mutter hatte Cosma noch nie so gut geschmeckt, wie heute. Schließlich kam auch noch Fritz Walter mit Sekt vorbei und sie tranken auf Cosmas neue Bleibe. Fritz bot allen das Du an und sagte dann zu Cosma: „Und? Wie soll denn das Schätzchen heißen?" Cosma lächelte und sagte: „Darüber habe ich auch lange nachgedacht und dann beschlossen es einfach zu halten. Es heißt ‚Cosmas''." „Sehr kreativ," meinte ihr Vater mit einem leicht sarkastischen Unterton, der ihm gleich einen Stupser seiner Frau einbrachte, mit dem Ellenbogen in die Rippen. „Aua," sagte er gespielt übertrieben und seine Frau strich ihm sanft über das Gesicht und sagte: „Strafe muss sein". Cosma grinste und alle anderen lachten, hoben ihre Gläser und ihr Onkel sagte: „Auf das Cos-

mas' und einen hoffentlich großartigen Neustart und viele Kunden." Cosma strahlte und
alle stießen mit ihr an. Später, als alle weg waren begann Cosma damit die Staffeleien, die
sie extra neu gekauft hatte aufzustellen und
stellte auch schon mal ein paar Bilder auf. Ihr
gefiel, was sie sah. Sie hatte den Verkaufstresen von Fritz übernommen, weil dieser so gar
nichts mit Kunstgalerie zu tun hatte. Zumindest
noch nicht. Er hatte oben eine Arbeitsplatte
aus Holz und unten eine Art kleine Vitrine, die
Cosma perfekt fand um Kleinigkeiten darin zu
dekorieren. Schließlich merkte Cosma, dass sie
müde war. Sie löschte das Licht in der Galerie
und sah durch den dunklen Abend in Richtung
Meer. Einem plötzlichen Impuls folgend ging
sie durch den kleinen Waldstreifen zur Promenade, setzte sich auf die Mauer und lauschte
den Wellen. Sie hatte keine Ahnung, wie es
weitergehen würde. Doch dieser Moment,
diese Ruhe, die sie empfand, dieses Glück, das
alles war es schon jetzt Wert gewesen, diesen
Schritt zu gehen. Cosma blickte auf ihr Handy
und sah, dass ihre Eltern ihr eine Nachricht geschickt hatten: „Wir sind wieder zu Hause, aber

du fehlst." Cosma drückte ihr Telefon an die Brust und schrieb zurück: „Wir schaffen das, aber ich weiß, was ihr meint." Ohne ihre Eltern zu wohnen, alleine, das war schon erstmal ungewohnt. Doch Cosma wollte das alles hier und alleine dieser Wille sorgte dafür, dass sie glücklich summend und mit federnden Schritten schließlich zurück in ihre Wohnung ging. Ihre Wohnung, wie das klang.

Schließlich stand sie am Fenster mit einem Becher Tee und blickte hinaus. Das Leben hatte noch viel zu bieten und sie war bereit. Sie prostete ihrem Spiegelbild in der Fensterscheibe zu: „Auf das Cosmas' und auf mich."

11

Die kommende Woche war vollgestopft mit Arbeit. Das Wetter war gut und Kühlungsborn war voll mit Menschen, die den Ort und das Meer genauso liebten wie Cosma. Sie konnte ihr Glück nach wie vor nicht fassen. Alles funktionierte wie am Schnürchen. Als am Donnerstag vor der Eröffnung des Ladens die Firma kam und das Schild anbrachte, das Cosma bestellt hatte, dachte Cosma sich, dass es nicht mehr besser werden konnte. Sie stand vor ihrer eigenen Kunstgalerie. Unfassbar. Sie machte ein Foto von dem Geschäft mit dem Schild und musste feststellen, dass es wirklich gut aussah. Sie hatte die großen Kübel vor dem Laden neu bepflanzt und alles leuchtete im Sonnenschein. Sie schickte das Bild gefühlt an die halbe Welt und alle freuten sich mit ihr und versprachen am Samstag zur Eröffnung zu kommen. Alle außer Kathrin und Stefanie, was Cosma einen kleinen Stich versetzte.

Cosma wachte exakt zwei Minuten vor ihrem Wecker auf. Erstaunlich, sie hätte gar nicht damit gerechnet, dass sie überhaupt noch einschlafen würde. Es gingen ihr tausend Dinge durch den Kopf. Heute war Eröffnung, jeder der bis 18 Uhr das Cosmas' besuchte konnte sich bei einem Sekt, einem Kaffee oder Tee in der Galerie umsehen. Sie hatte auf den Tipp ihres Onkels hin, auch noch jemanden engagiert, der ein bisschen Gitarrenmusik beisteuern würde. Offiziell schloss die Galerie dann um 18 Uhr und danach wurde gefeiert, denn heute war ihr siebenundzwanzigster Geburtstag. Voller Elan sprang Cosma aus dem Bett und stellte sich vor den Spiegel. Trotz des Schlafmangels sah sie frisch und erholt aus und sie war sich sicher, dass das am Meer lag. Draußen war es noch dunkel und Cosma beschloss einen schnellen Frühstücks-Stopp einzulegen und dann in der Galerie alles aufzubauen. Eröffnungstag ihres eigenen Geschäftes. Cosma fühlte, wie ihr Herz in ihrer Brust auf und ab hüpfte.

Cosma öffnete um 10 Uhr und wie erwartet passierte erstmal nichts. Sie hatte Flyer in ganz Kühlungsborn verteilt. Ob das wirklich die Menschen dazu brachte eine Kunstgalerie zu besuchen? Auf den Flyern stand: „Kunst to go. Kunst für Jedermann zu jeder Zeit". Wenn die Bilder sich gut verkauften würde sie sich mit dem Malen ranhalten müssen, damit immer Bilder zum sofort mitnehmen da waren. Doch für die erste Zeit hatte Cosma einen großen

Vorrat der Bilder aus ihrer Kleckerbude, die mittlerweile alle auf Keilrahmen gezogen waren.

Sie standen alle in einem durch einen Paravent abgeteilten Bereich und warteten auf den Moment, in dem sie ihren Auftritt auf einer der Staffeleien oder an den Plätzen an der Wand haben würden. Der Musiker traf ein und Cosma platzierte ihn in die Nähe der Tür in der Hoffnung, dass das Neugierige anlocken würde. Ihr erster Gast an diesem Tag war dann der DHL-Bote, der ihr ein Päckchen aus Spanien brachte: „Herzlichen Glückwunsch zum Geburtstag und zu deinem Neustart. Das werden für uns beide aufregende 12 Monate. Ich kann es nicht erwarten dich wiederzusehen. Ich umarme dich ganz fest! Liebste Grüße aus Dénia. Stefanie. Cosma stiegen die Tränen in die Augen so sehr freute sie sich über das Päckchen. Sie ging zum Tresen und wickelte das Geschenk aus. Sie musste lachen. Typisch Stefanie. Herzlich und praktisch und auch ein bisschen verträumt. Sie hatte ihr Ein Schild für den Laden geschenkt. Auf der einen Seite stand: „Ich bin gern für Sie da", auf der anderen Seite „Ich bin am Strand". Das war natürlich um Längen besser und passender als Cosmas' „Open und Closed"-Schild. Als sie es aufhängte sah sie die ersten Kunstneugierigen auf das Cosmas' zukommen und begrüßte sie herzlich. Das Ehepaar sah sich um und bekundete Interesse an Cosmas' Bildern. Die Frau fragte, ob sie auch Malkurse anbieten würde. Cosma verneinte die Frage und gab den beiden zum Abschied noch eine Visitenkarte mit. Cosma war mächtig stolz auf ihr selbstentworfenes Logo: Ein Apfelbaum dessen Zweige in den Himmel reichten, die Blüten sahen aus wie kleine Pinsel und die Wurzeln hatten die Form eines Ankers. Ihr Vater hatte es sich nicht anmerken lassen, aber er war schon stolz und glücklich, dass Cosma trotz ihrer, wie er fand, spleenigen Ideen, die Tradition der Familie beibehielt. Er war sich sicher, dass Cosma den Tünkram eh bald wieder satthaben würde und dann zurück nach Hamburg kommen würde und irgendwann den Familienbetrieb übernahm.

Den ganzen Tag über kamen immer wieder Menschen ins Cosmas' und sahen sich um. Die meisten kauften Postkarten, alle nahmen eine Visitenkarte mit und die am Häufigsten gestellte Frage blieb: „Geben sie auch Malkurse?" Cosma verneinte jedes Mal freundlich und fragte sich, ob die Leute statt Bilder zu kaufen vielleicht lieber welche malten. Cosma versuchte alle dafür zu gewinnen, sich für ihren Newsletter einzutragen, von dem Cosma, wenn sie ehrlich war, selber noch nicht genau wusste, was drinstehen würde.

Um 16 Uhr war der große Moment gekommen. Ein Mann betrat das Geschäft und stand eine ganze Weile vor eine Trilogie des Meeres, wie Cosma die drei Bilder genannt hatte. Der Mann stellte ein paar Fragen zur Maltechnik, wollte ein paar Dinge über Cosmas Erfahrungen wissen und nickte zustimmend, während sie sprach. Er hielt sein Glas in der Hand und ging immer wieder von einem Bild zum anderen. Als sein Sekt leer war, drückte er Cosma das Glas in die Hand. Ein Ablauf, den Cosma schon herunterbeten konnte. Gucken, trinken, Fragen stellen, viel Glück wünschen und gehen. Cosma wollte dem Herrn gerade ihre Visitenkarte in die Hand drücken als dieser seinerseits seine Visitenkarte zückte und zu Cosma sagte: „Ich nehme die drei. Sie liefern sicher auch, oder?" Cosma starrte den Mann an, als hätte er gerade chinesisch mit ihr gesprochen. Doch dann löste sich ihre Schockstarre und sie lächelte und sagte: „Selbstverständlich." Der Mann nickte und ging zum Verkaufstresen. Cosma blieb erstmal wie angewurzelt stehen. Der Mann drehte sich um, lächelte und sagte: „Könnte ich dann eben bezahlen, ich mach das gerne gleich. Sie nehmen doch Kreditkarten?" Cosma nickte und ging hinter ihren Tresen. „Das macht dann 1050,00 Euro", sie warf einen schnellen Blick auf seine Visitenkarte und stellte fest, dass die Adresse nicht weit von ihrem Geschäft entfernt war. "Die Lieferung ist im Preis enthalten". Der Mann nickte und Cosma verbuchte ihre erste Einnahme. Aber das, was sie in diesem Moment fühlte, war mit Geld nicht zu bezahlen: Sie war unendlich glücklich und stolz. Drei Werke aus ihrer „Kleckerbude" hatten es in eine kleine Pension

nach Kühlungsborn geschafft. Ihre Eltern würden staunen.

Der Mann verabschiedete sich freundlich und
Cosma hätte tanzen mögen vor Freude. Kurz
darauf betrat Fritz Walter die Galerie und
nickte zustimmend. „Nicht schlecht, Mädel",
sagte er. Cosma hatte Fritz die ganze Woche
nicht gesehen. Sie waren recht schnell beim Du
gewesen und Cosma hatte in Fritz einen guten
Ratgeber gefunden. Er hatte sich auch mit ihr
hingesetzt und die Kalkulation für die Bilder gemacht. Cosma hätte sich nie getraut diese
Preise an ihre Bilder zu hängen, aber Fritz
machte ihr klar, dass sie die Kunst vom kauf-
männischen Denken trennen musste. Sie hätte
diese Art von Kalkulation sicher auch mit ihrem
Vater machen können, doch Fritz gab ihr, im
Gegensatz zu ihrem Vater, das Gefühl, dass er
Cosmas' Kunst ernst nahm. Jetzt allerdings sah
Fritz aus, als ob er etwas im Schilde führte.
„Komm doch mal kurz mit raus, ich habe ein
Geschenk für dich", sagte er zu Cosma. Sie gin-
gen an die Straße und Fritz schlug die Plane sei-

nes Anhängers beiseite. „Herzlichen Glückwunsch zur Eröffnung. Ich wünsch dir alles
Glück der Welt." Cosma schlug die Hand vor
den Mund konnte es nicht glauben. Überschwänglich umarmte sie Fritz. Auf dem Hä-
nger stand der alte Strandkorb, den Cosma
schon so oft bewundert hatte. Fritz hatte ihn
für sie aufarbeiten lassen. Jetzt sah er aus, wie
eine Mischung aus 50er Jahre Strandkorb und
Fliegenpilz. Die Innenauskleidung war rot mit
Punkten, genauso wie der kleine Baldachin.
Ansonsten war der Strandkorb weiß. Zusammen mit ein paar hilfsbereiten Nachbarn stellten sie den Strandkorb vor Cosmas Galerie und
sie hüpfte wie ein kleines Mädchen. „Ma-
dame…", sagte Fritz galant und Cosma nahm
Platz in ihrem Strandkorb.

Um Punkt 18 Uhr drehte Cosma ihr neues Tür-
schild auf „Ich bin am Strand" und räumte ein
bisschen um. Viel Zeit blieb ihr nicht, bis ihre
Familie auf der Matte stand. Ihr Onkel hatte
den Laden schon oft gesehen in letzter Zeit,
wurde aber nicht müde zu betonen, wie toll es

doch war, was sie aus dem alten Fahrradge-schäft gemacht hatte. Cosma hatte den Ein-druck, dass er es hauptsächlich machte, um den kritischen Blicken ihres Vaters ein wenig die Spitze zu nehmen. Cosma verteilte Sekt an alle und hielt sogar eine kleine Ansprache be-vor sie zum Essen aufbrachen. Große Reden schwingen war ihr ja nicht gerade in die Wiege gelegt, aber sie war zufrieden mit sich. Sie en-dete mit den Worten: „Das hier ist mein Traum, es ist ein Wagnis, ein Abenteuer, aber am Ende meines Lebens werde ich mich nicht mehr fragen müssen, „Was wäre gewesen, wenn"? und es ist doch auch so, dass, wenn al-les schief geht, dann wohne ich jetzt zumindest am Meer." Alle lachten und stießen mit ihr auf das Cosmas' an.

Später, als alle wieder nach Hause gefahren waren, saß Cosma auf der kleinen Mauer am Strand und blickte auf das schwarze ruhige Meer, das der Mond beschien. Sie konnte sich nicht erinnern jemals so glücklich gewesen zu sein. Sie dachte daran, was alles im Laufe des letzten Jahres passiert war und schüttelte den

Kopf, während sie lächelte. Sie hatte es tatsächlich getan. Sie war ans Meer gezogen. Und wie immer, wenn Cosma daran dachte, wie es zu diesem mutigen Schritt gekommen war, dachte sie an Sophie. Unwillkürlich hielt Cosma am dunklen Himmel Ausschau nach Paul dem fliegenden Elefanten. Sie sah ihn nicht, aber sie konnte sich des Gefühls nicht erwehren, dass Sophie jetzt gerade neben ihr saß und mit den Beinen baumelte. Cosmas Lächeln wurde breiter. Es war Zeit schlafen zu gehen, denn morgen war ihr erster regulärer Tag als Geschäftsinhaberin. Cosma ging zurück zu ihrem Geschäft und sah vom weiten die sanft beleuchteten Fenster ihrer Galerie. Eine Mischung aus Stolz, Glück, Demut und Freude übermannte sie und fast wäre sie die letzten Meter gehüpft. Als sie an ihrem Laden ankam war sie froh es nicht getan zu haben, denn im Strandkorb vor ihrer Galerie saß Thor und grinste sie an. „Bisschen wenig Sonne für eine Nacht im Strandkorb," stellte Cosma fest. Sie hatte keine Ahnung, was er hier wollte. Sie hatte doch eigentlich nur erzählt, dass sie nach Kühlungsborn zog, als sie bei Felix und Thor die Regale abholte. „Ich kam hier so vorbei und fragte mich, ‚wie viele Cosmas wird es wohl in Kühlungsborn geben?' und ich dachte mir, ich warte mal und gucke ob du es wirklich bist." Cosma lachte und setzte sich zu ihm in den Strandkorb. Ihr war kalt und sie wollte ins Bett, aber sie wollte nicht unhöflich sein und vor allem fragte sie sich, was Thor hier machte. „Wir fahren jedes Jahr im Frühjahr mit der ganzen Familie nach Kühlungsborn", sagte Thor", und Cosma erinnerte sich, dass er und Felix ihr davon erzählt hatten. „Sei nicht böse, sagte Cosma, aber ich muss jetzt echt mal ins Bett." Thor lächelte anzüglich und Cosma wurde klar, dass der Satz den sie gerade gesagt hatte, sehr auslegungsfähig war. „Ich äh….", Thor lachte und sagte: „Cosma, jetzt mach dir nicht ins Hemd. Ich bin's doch nur. Dein Thor-Wächter." Dabei guckte er so unschuldig, dass Cosma nicht anders konnte als loszuprusten. Thor lachte auch und nach einer Weile sah er Cosma in die Augen und sagte: „Hast du Lust auf Abendessen? Morgen? Oder Übermorgen?" Cosma schluckte und nickte erstmal nur. Sie hatte Angst ihre Stimme würde versagen. Thor hob die Augenbrauen fragend. „Morgen oder übermorgen? Halb acht?" Cosma fand ihre Sprache wieder und sagte: „Übermorgen halb acht ist super." Thor stand auf und Cosma tat es ihm gleich und so standen sie voreinander und Thor sagte: „Dann schlaf gut, und bis übermorgen." Dann beugte er sich vor, küsste Cosma sanft auf die Wange und ging. Cosma sah ihm noch eine Weile nach. Dann ging sie nach oben in ihre Wohnung. Sie machte das Licht im Schlafzimmer an und stellte sich vor den Spiegel. Sie sah gut aus. Von der Kälte gerötete Wangen und vom Wind verwuscheltes Haar. Sie sah einfach lebendig aus und so fühlte sie sich auch. Sie ging ins Bad, putzte ihre Zähne und tanzte dabei ein bisschen vor dem Spiegel. Sie musste über sich selber lachen und es tat gut so unbeschwert zu sein.

Am nächsten Morgen war Cosma früh wach. Sie hatte sich vorgenommen jeden Morgen an der Promenade zu laufen oder zumindest einen Spaziergang zu machen. Heute war ihr nach Laufen. Sie ging das Stück zum Strand noch ohne ihre Musik in den Ohren. Es war noch nicht ganz hell und der Himmel sah fantastisch aus. Am Meer fühlte sich jeder Tag wie das an, was er war: Ein Geschenk. Cosma atmete ein paar Mal tief ein, dann steckte sie sich ihre Kopfhörer in die Ohren und lief los. Zwei Stunden später stand sie vor einer leeren Leinwand in ihrer Latzhose, einem rot-weiß geringeltem Langarm-Shirt und nur mit Socken an den Füßen. Sie hatte die Haare locker zu einem Knoten hochgebunden und zog diese jetzt nochmal fester, bevor sie daran machte Pinsel und Farben vorzubereiten. Zwei Stunden später war es Zeit das Schild der Galerie umzudrehen um das Geschäft zu öffnen. Cosma öffnete die Tür und atmete die wundervolle Luft. Sie freute sich auf den Tag und war gespannt, ob sie heute etwas verkaufen würde. Das Schönste war allerdings, dass sie während sie „wartete" malen konnte, da sie sich ihre „Mal-Ecke" in der Galerie eingerichtet hatte. Bis zum Mittag kam niemand in die Galerie und Cosma war glücklich mit dem Fortschritt an ihrem Bild. Allein ihr knurrender Magen erinnerte sie, dass es Zeit war etwas zu essen. Sie schloss das Geschäft für die Mittagspause, kochte sich Spaghetti mit Tomatensoße, die sie dann im Strandkorb aß, obwohl es noch recht frisch war, aber sie wollte jede Minute Meerluft genießen, die möglich war. Die Spaghetti schmeckten wundervoll, auch wenn sie eine Sparmaßnahme waren. Cosma wollte ihr Geld zusammenhalten, für den Fall, dass es nicht gleich am Anfang gut lief. Morgen war sie mit Thor verabredet. Cosma bekam ein kleines Kribbeln in der Magengegend bei dem Gedanken. Dates waren ja nicht so ihre Kernkompetenz, aber auch daran wollte sie etwas ändern. Sie wollte einen Mann finden, einen Menschen, der zu ihr passte und das setzte voraus erstmal jemanden kennenzulernen. Cosma lehnte sich im Strandkorb zurück und blickte, den Teller auf dem Schoß in Richtung Meer. Es ist nur ein Date, sagte Cosma sich und für Thor bedeute es sicher nicht viel. Sie hatte nicht den Eindruck, dass Thor Dates üben musste, eher, dass sie aufpassen musste, nicht eine Kerbe in seinem Bettrahmen zu werden. Aber wer weiß, dachte Cosma schmunzelnd, vielleicht tue ich ihm auch unrecht.

Thor war pünktlich am nächsten Abend. Er sah gut aus, trug Hemd, Freizeitsakko und eine Jeans. Seine Füße steckten in sportlichen Schuhen und er trug einen Loop-Schal passend zum Outfit. Cosma gefiel was sie sah und sie selbst gefiel sich auch. Sie trug ein locker fallendes Shirt Kleid in dunkelgrün, eine blickdichte Strumpfhose, geschnürte Stiefeletten und eine dunkelrote kurze Jacke. Sie hatte sich für ihren Lieblingsschal entschieden, und weil es abends noch wirklich kalt werden konnte trug sie kleine Armstulpen. Sie hatte sich wenig geschminkt und sich die Zeit genommen ihr Haar ein bisschen zu locken. Sie war mit ihrem Aussehen sehr zufrieden gewesen, als sie eben oben nochmal kurz einen Blick in den Spiegel geworfen hatte und die Art, wie Thor sie bei der Begrüßung ansah, sagte ihr, dass ihm auch gefiel, was er sah. Thor hatte ein kleines Restaurant ausgesucht, dass eher rustikal war. Cosma war begeistert und fühlte sich dort sofort wohl. Der Abend war wundervoll. Sie aßen, tranken und erzählten sich ein bisschen aus ihrem Leben und flirteten dabei ein wenig. Irgendwann legte Thor seine Hand auf ihre und Cosma lies es geschehen, weil es sich gut und richtig anfühlte. Später gingen sie Hand in Hand an der Promenade zurück und kurz vor dem Gang, der zu Cosmas' Wohnung führte nahm Thor sie in die Arme und küsste sie. Cosmas' Erfahrungen waren nicht riesig auf dem Gebiet, aber sie fand, er küsste gut. Als sie schließlich vor ihrer Tür standen, fragte er sie ob er noch mit auf einen Kaffee raufkommen dürfe und Cosma lächelte, küsste ihn und sagte „Nein". Thor schien ein bisschen enttäuscht, aber nicht überrascht. Er lächelte sie an, wickelte eine Strähne ihres Haares um seinen Finger und sagte: „Ich dachte mir schon, dass du nicht so leicht zu haben bist. Du bist eben kein…" Thor suchte nach dem richtigen Wort und Cosma gingen die Worte ihres Vaters durch den Kopf: Du bist eben kein Sonntagsweibchen, sondern ein Alltagsweibchen, und das ist gut so. Cosma schüttelte den Kopf und Thor lachte und sagte: „Hey, jetzt warte doch mal ab, ich hab doch noch gar nichts gesagt. Ich wollte sagen, du bist eben nicht so schnell zu haben. Du willst keine Trophäe sein. Du bist eben etwas Besonderes." Sie küssten sich nochmal und dann strich Thor nochmal über ihre Wange und ging. Cosma wusste, dass sie morgen wieder nach Hause fahren würden, er und seine Familie. Wann sie ihn wiedersah oder besser, ob sie ihn wiedersah stand in den Sternen. Ein paar Minuten später bekam sie eine Nachricht von ihm: „Danke für den schönen Abend". Ich freue mich auf den nächsten. Cosma ging nach oben in ihre Wohnung und stellte fest, dass es der fast perfekte Tag gewesen war. Hätte sie ein Bild verkauft, wäre er perfekt gewesen. Es war unbestreitbar die richtige Entscheidung gewesen hierher zu ziehen.

Ein paar Wochen später war Cosma sich manchmal nicht mehr ganz so sicher. Sie hatte einige kleine Bilder verkauft, einige Postkarten, aber im Grunde nicht im Ansatz genug um davon leben zu können. Nicht nur ihre Euphorie schrumpfte, sondern auch ihre Ersparnisse. Die Saison in Kühlungsborn lief, aber irgendwie lief sie direkt an ihr vorbei. Die Ladentür schellte und Cosma setzte sofort ihr freundlichst mögliches Lächeln auf, aber es war nur der Paketbote, Steve. Er reichte Cosma ein Päckchen und lies es sich quittieren. Wie immer wechselten sie ein paar Worte und Steve stibitzte sich aus der Bonbon-Schale für Kunden „einen für den Weg". Cosma rief ihm wie immer hinterher: „Hey, die sind für Kunden." Steve lachte und sagte: „Wer weiß, vielleicht werde ich ja noch einer." Cosma lachte und sagte gespielt genervt: „Ja, ja. Wer's glaubt." Die Kunden gaben sich, wie fast jeden Tag nicht gerade die Klinke in die Hand und Cosma beschloss, den Inhalt des Päckchens gleich unter die Leute zu bringen. Es hatten immer wieder Leute nach Malkursen gefragt und jetzt war Saison in Kühlungsborn und Cosma könnte ein paar Einnahmen gut gebrauchen. Ob sie nun alleine im Laden stand oder ein paar Lernwilligen Malunterricht gab. Cosma fand es kam auf einen Versuch an. Sie hatte noch nie unterrichtet, aber sie wusste aus ihrer Kurserfahrung, dass es vor allem darum ging, dass Menschen sich wohlfühlten und mit einem kleinen selbstgemalten Erfolg unter dem Arm nach Hause gingen. Sie nahm die Flyer, die sie bestellt hatte und ging los. Mittlerweile kannte sie ein paar Leute in den Restaurants und Bäckereien, auch wenn sie nicht oft essen ging, aber sie gehörte jetzt ja quasi dazu und so langsam kam sie auch in Kühlungsborn an. Ein guter Zeitpunkt um sich Unterstützung zu holen. Die Flyer taten ja niemandem weh und der eine oder andere würde sie bestimmt auslegen.

Zwei Stunden später hatte Cosma schon viele Flyer verteilt und ausgelegt. Jetzt stand sie vor der Kunsthalle und traute sich nicht rein. In einer Kunsthalle zu fragen, ob man Flyer für Malkurse auslegen durfte, war irgendwie schon ein bisschen so, als würde man Fleisch in die Schlachterei bringen. Während Cosma noch nachdenklich auf den Eingang starrte ging eine blonde Frau, nicht viel älter als Cosma an ihr vorbei die Treppen zur Kunsthalle hinauf und sagte mit einem lachenden Schulterblick: „Da wohnt nicht die böse Hexe des Ostens, Dorothy. Da kann man sogar reingehen." Cosma stutzte kurz und musste dann lachen:

„Aber es ist nirgends schöner als daheim", erwiderte Cosma. Jetzt lachte die blonde Frau auch und sagte: „Lust auf einen Kaffee? Courage ist glaube ich alle, aber Kekse sind noch da." Cosma mochte die Frau auf Anhieb. Jemand der den „Zauberer von Oz" kannte, den musste man doch einfach mögen. Cosma lächelte zurück: „Gern", sagte sie und die beiden gingen nach oben in die Kunsthalle. „Ich bin übrigens Linda," sagte die blonde Frau und reichte ihr die Hand. Cosma ergriff sie lächelnd und sagte: „Ich bin Cosma." Linda lächelte ebenfalls und sagte: „Ich weiß. Ich habe dich hier schon häufiger gesehen und ich weiß, dass du das Geschäft von Fritz gemietet hast und da jetzt in Kunst machst." Cosma lachte „in Kunst machst" klang irgendwie gut. Andere machten in Geldanlagen und sie machte in Kunst. Cosma mochte die Kunsthalle. Nicht nur wegen der Bilder, sondern einfach auch, weil es dort Musik und Festivals gab. Sie war schon oft mit ihrem Onkel und ihren Neffen zu dem einen oder anderen Konzert gegangen. Klar, war Hamburg voll von Konzerten, Musik, Ausstellungen, aber hier war das irgendwie ein anderer Rahmen.

Während sie mit Linda einen Kaffee trank sprachen sie darüber, wie sie nach Kühlungsborn gekommen waren. Linda wohnte in Rostock, wo sie nach eigenen Worten, die Liebe hingeführt hatte. „Ich mach nichts Künstlerisches, aber ich mag Kunst und Künstler; eine gute Voraussetzung um hier zu arbeiten. Menschen sollte man schon mögen, Künstler im Speziellen." Cosma erzählte von ihrem bisherigen Weg und Linda war beeindruckt. „Das ist mutig von dir. Hätte ich nicht gedacht, als ich dich da vorhin stehen sah." Cosma lachte: „Story of my life. Ich werde immer unterschätzt, gerne auch von mir selbst." Linda nickte und sagte trocken und irgendwie sehr norddeutsch: „Kenn ich." Sie tranken schweigend weiter ihren Kaffee, bis Linda in Richtung der Flyer nickte und sagte: „Was hast'n du da? Cosma gab ihr einen Flyer und erzählte kurz, was der Plan war. Linda war begeistert, nahm ihr ein paar Flyer ab und versprach Cosma den Besuchern der Kunsthalle die Flyer unter die Nase zu halten. Als Cosma die Kunsthalle verließ hatte sie das Gefühl eine Freundin gefunden zu haben. Mit bester Laune ging sie zurück zu ihrem Geschäft und sah dort zwei Frauen, die versuchten in das Innere der Galerie zu sehen. „Hallo," sagte Cosma, „warten sie, ich schließe auf, dann sehen sie besser." Die beiden Frauen sahen Cosma an und fragten: „Geben sie auch Malkurse" und Cosma musste sich ein Lachen verkneifen, gab ihnen einen der noch übrigen Flyer und sagte: „Ja, tatsächlich. Der nächste beginnt am Samstag und ich habe auch noch Plätze frei." Das war nicht gelogen, denn letztlich waren alle Plätze noch frei. Die beiden Damen bezahlten den Kurs, beteuerten, wie sehr sie sich auf Samstag freuten und verließen schnatternd das Geschäft. Cosma schüttelte lachend den Kopf: Sie würde Malkurse geben. Wer hätte das gedacht. Aber, dachte sie sich, wo ein Wille ist...

Ihre Motivation hielt nicht lange an, da Cosma abends den Fehler machte ihren Eltern davon zu erzählen. Ihr Vater quittierte die Malkurs-Idee mit den Worten. „Dachte ich mir doch, dass das alles nicht läuft." Ihre Mutter klang besorgt und Cosma wusste nicht genau, was sie wütender machte. Sie wusste, dass ihre Eltern es nicht böse meinten, im Gegenteil. Sie meinten es gut und sorgten sich um sie, aber Cosma hätte sich gewünscht, dass sie ihr einfach mal etwas zutrauten auch oder gerade, wenn es etwas war, dass nicht in ihr Weltbild passte. Nach dem Telefonat kochte Cosma sich einen Tee und setzte sich in den Strandkorb. Ihr Handy piepte und Cosma sah eine Nachricht ihrer Freundin Stefanie. Cosma konnte nicht verhindern, dass ihr die Tränen in die Augen stiegen und beschloss spontan, sie einfach anzurufen. Stefanie hörte sofort an ihrer Stimme, dass etwas nicht stimmte. „Was ist passiert Süße? Hat es was mit deinem Wächter zu tun?" Cosma musste gegen ihren Willen lachen. Sie hatte Stefanie von Thor erzählt und niemand wusste so gut, wie sie, dass Cosma mit Männern nicht das beste Händchen hatte, auch wenn sie sich so sehr jemanden an ihrer Seite wünschte. „Nein, das hat nichts mit Thor zu tun. Ich glaube ich schmeiß hin. Das läuft hier nicht. Meine Eltern haben schon Recht....", weiter kam Cosma nicht. Stefanie unterbrach sie energisch: „Bullshit! Hast du schon mal was von Anlaufschwierigkeiten gehört? Das heißt doch nicht, dass es so bleibt. Bleib dran. Lass Dir doch ein bisschen Zeit. Das wird schon." Cosma schniefte und sagte noch ein wenig gedämpft: „Ja, vielleicht hast du recht." Stefanie lachte. „Natürlich habe ich Recht. Frag Michael. Ich habe immer Recht. Michael mischte sich aus dem Hintergrund in das Gespräch ein: „Natürlich, Schatz." Stefanie lachte und sagte zu Cosma: „Er wird der perfekte Ehemann sein. Keine Widerworte. „Ich bin eine schlechte Freundin," sagte Cosma, „ich rede nur von mir. Wie laufen denn die Vorbereitungen für die Hochzeit." Cosma wusste, dass Stefanie seit Monaten plante und jetzt rückte der Zeitpunkt immer näher. Keine drei Monate mehr, dann würden die beiden den Bund fürs Leben schließen. Obwohl Cosma mit ihrem Leben, trotz Anlaufschwierigkeiten, gerade mehr als zufrieden war, war sie auch ein bisschen neidisch. Jemanden an seiner Seite zu haben, der einen unterstützt und die Sorgen mit einem teilt, wäre schon toll. Andererseits dachte Cosma, dass sie jetzt gerade ihre ersten eigenen Gehversuche in ihrem Leben machte, da wäre sie doch blöd, wenn sie das gleich wieder abgab. Außerdem war das ja sowieso graue Theorie. Es gab keinen Anwärter auf den Platz an ihrer Seite. Die Sache mit Thor war nett und schmeichelte ihr, aber er war weit weg und Cosma hatte auch das Gefühl, dass sie sich immer weniger schrieben. Stefanie erzählte aufgeregt von all den kleinen und großen Dingen die sie für die Hochzeit einkauften und organsierten. „Stell dir vor, "sagte Stefanie „ich habe jetzt DAS Kleid gefunden. Ich kann jetzt nichts erzählen, Michael hört zu, aber ich schicke dir nachher ein Foto. Es ist perfekt." Cosma konnte ihrer Stimme anhören, dass sie einfach nur glücklich war. Sie versprachen sich noch, bald wieder zu telefonieren und Stefanie sagte zum Abschluss: „Und bald sehen wir uns sogar. Weißt du schon wann Du kommst?" Cosma musste schon langsam wieder lächeln und meinte: „Ich muss gucken, was das Geschäft macht." Sie prusteten beide los. Wenig später legten sie auf und Cosma trank, versöhnt mit dem Tag ihren kalten Tee im Strandkorb.

Der Samstag kam und mit ihm der erste Mal-
kurs. Es hatten sich fünf Frauen angemeldet
und Cosma war nervös. Sie bereitete Tee vor
und stellte Plätzchen bereit. Die Staffeleien
waren aufgestellt und um 10 Uhr kamen die
ersten beiden Frauen schnatternd in die Galerie. Als alle da waren gab es eine kurze Vorstellungsrunde und Cosma hatte sich vorgenommen sich so selbstbewusst wie möglich zu präsentieren. Sie stellte sich kurz vor und erzählte
von ihren Malerfahrungen und dem Sprung ins
kalte Wasser mit der eigenen Galerie. Cosma
erfuhr in der Vorstellungsrunde viel von den
anderen Frauen, die allesamt auch schon seit
Jahren malten, aber selten Zeit dafür fanden.
Irgendwie kam immer wieder das „wirkliche"
Leben dazwischen. Cosma lächelte und dachte,
dass sie es richtig gemacht hatte: Sie hatte das
Malen zu ihrem richtigen Leben gemacht.
Cosma hatte sich für den Kurs ein Thema und
ein Konzept überlegt und war überrascht, wie
gut es funktionierte. Der Kurs endete am Samstagabend mit einem Gang durch die geschaffe-
nen Kunstwerke. Auch Cosma führte ein wenig
durch ihre eigenen Bilder und erzählte darüber

wann diese aus welchem Grund entstanden waren. Als die Frauen schließlich die Galerie verließen, war Cosma voll von Eindrücken und von Menschen. Es war ein großartiger Tag gewesen und sie hatte sogar etwas verdient. Neben den Kursgebühren hatten tatsächlich zwei Teilnehmerinnen ein Bild von ihr gekauft. Cosma atmete tief ein und mit einem Seufzer wieder aus. Sie setzte sich in die laue Abendluft in ihren Strandkorb und lächelte. Ihr Handy piepste und Thor schrieb ihr, dass er gerade mit Freunden feierte und sich wünschte sie wäre dabei. Cosma kuschelte sich in ihren Strandkorb. Glücklich dachte sie, dass das Leben es wirklich gut mit ihr meinte.

Die Malkurse liefen auch weiterhin gut. Cosma hatte gut zu tun mit den Vorbereitungen, denn sie wollte, dass jeder Kurs ein eigenes Thema hatte. Sie musste feststellen, dass nicht alle Menschen, die im Urlaub waren, auch entspannt waren, aber im Großen und Ganzen waren Kurse toll. Sie machten Cosma glücklich und bedeuteten Einnahmen. Aber Cosma war nicht so naiv nicht zu wissen, dass es nicht reichte. Es reichte schon in der Saison nicht und wenn diese erstmal vorbei wäre, dann würde sie wieder hauptsächlich von ihren Ersparnissen leben, die schrumpften und schrumpften. Die Anzahl der verkauften Bilder war einfach nicht ausreichend. Cosma musste sich eingestehen, dass die Bilder einfach auch keine große Kunst waren. Sie erbrachten keine riesigen Summen. Doch Cosma machte es glücklich, dass Menschen ihre Werke zu schätzen wussten und auch der Gedanke, dass die Bilder in den Wohnungen und Häusern von Menschen hingen und damit zu ihrem Leben gehörte, war ein schönes Gefühl. Aber was würde sie machen, wenn ihre Ersparnisse aufgebraucht waren? Cosma dachte an das Gespräch mit Stefanie und an die „Anlaufschwierigkeiten". Eigene Wege und Entscheidungen bedeuteten auch eigenes Risiko. Es war nicht wie die Zeit im Koma, wo alles so wurde, wie sie es sich wünschte, nur dass sie daran dachte und dann fiel ihr die kleine Sophie wieder ein: „Es ist genau wie hier. Du musst es nur machen." Unwillkürlich blickte Cosma in den Nachhimmel und sagte: „Du hast recht, meine

Süße. Ich muss es nur machen." Cosma ging zum Meer und sah hinaus. Der Wind hatte etwas aufgefrischt und die Wellen schienen ein wildes Spiel miteinander zu spielen. Nur dort zu stehen und dem Meer zuzusehen, wie es tobte, sorgte dafür, dass Cosma sich lebendig fühlte. Sie beschloss schlafen zu gehen. Morgen war sie mit ihrer Mutter verabredet, die sich in den Kopf gesetzt hatte ihr ein Kleid für die Hochzeit zu schenken. Cosma hatte alles versucht ihr klarzumachen, dass sie kein Kleid brauchte, weil sie das wundervolle Kleid aus Paris noch hatte. Doch ihre Mutter blieb hartnäckig. Um des lieben Friedens willen hatte sie nachgegeben, war sich aber sicher, dass es kein schöneres Kleid geben konnte, als das aus Paris.

Nach sechs Stunden Power-Shopping in Hamburg musste auch ihre Mutter einsehen, dass es kein schöneres Kleid gab. Sie hatten quasi ganz Hamburg abgegrast. Die letzte Station war ein Brautmodengeschäft mit dem Namen „Glücksfang" in der HafenCity gewesen. Doch sogar das wundervolle Geschäft mit der Inhaberin, die so für ihr Geschäft brannte konnte nicht verhindern, dass Cosma ihr Paris-Kleid nicht aus dem Kopf bekam. Jetzt saßen Cosma und ihre Mutter also beim Italiener in der HafenCity und ließen es sich bei Pizza und Wein gut gehen. Es war ein schöner Tag gewesen. Während Cosma genüsslich das letzte Stück ihrer Pizza aß, merkte sie, dass ihre Mutter sie ansah. „Du siehst gut aus", sagte sie. „Bist du glücklich?" Cosma stiegen die Tränen in die Augen, weil sie sich so gewünscht hatte, dass ihre Eltern ihr diese Frage stellten. Ihr gingen tausend Antworten durch den Kopf. Ja, eigentlich schon, aber es könnte ein bisschen besser laufen. Ich könnte bessere Einnahmen haben. Aber nach einem kleinen Moment lächelte Cosma nur und sagte: „Ja, Mama. Ich bin glücklich. So glücklich wie noch nie in meinem Leben." Ihre Mutter lächelte, hob ihr Weinglas, sie stießen miteinander an. „Auf das Leben", sagte ihre Mutter. Cosma trank den Wein und fühlte sich wundervoll und lebendig.

Am Sonntag fuhr Cosma zurück nach Kühlungsborn. Das Gefühl, das sie mitnahm konnte sie
nicht beschreiben, aber es musste raus. Cosma
schnappte sich eine Leinwand, kaum, dass sie
ihre Sachen in die Wohnung gebracht hatte,
und fing an zu malen. Sie malte ohne Unterbre-
chung und als es fast zwei Uhr morgens war,
stand sie mit ihrem Tee vor ihrem neuesten
Werk und staunte selber. Es war ihr gelungen
ihr Gefühl auf die Leinwand zu bringen. Sie
wusste, sie würde dieses Bild nicht behalten.
Das war das Bild, dass sie Stefanie und Michael
zur Hochzeit schenken würde. Ein Bild voller
Zuversicht und Lebendigkeit.

Vier Wochen später machte sich Cosma auf
den Weg nach Spanien. Schon am Flughafen
bereute sie, dass sie nicht ein praktischeres Geschenk ausgewählt hatte. Sie hatte das Bild
sorgsam verpackt, aber sie eckte überall damit
an. Sie hatte es als Paket schicken wollen, aber
die Kosten waren immens und so entschied sie
es mitzunehmen. Die semi-freundliche Boden-
stewardess erklärte ihr monoton, dass sie das
Bild beim Sperrgepäck aufgeben müsse. Cosma

stockte der Atem. Sperrgepäck. Mit Fahrrädern und Surfbrettern. Das Bild würde niemals in einem Stück ankommen. Sie versuchte die Stewardess zu überzeugen, dass sie das Bild mit in die Kabine nehmen durfte, aber sie stieß auf Granit. Als die Schlange hinter hier schon langsam zu Tumult neigte, beschloss sie nachzugeben, aber ihr Herz blutete.

Sie flog gute zwei Stunden nach Alicante, wo Michael sie abholen würde. Zwei Stunden in den sie keinen anderen Gedanken hatte, als ihr Bild. In Alicante endlich angekommen konnte sie es nicht erwarten ihren Koffer zu bekommen und schnell zum Sperrgepäckschalter. In ihren Gedanken malte sie sich aus, wie sie ein völlig zerstörtes Packet zurückbekommen würde. Aber als sie endlich an der Reihe war, musste sie feststellen, dass das gar nicht das Schlimmste war, was passieren konnte. Es ging tatsächlich schlimmer: Das Paket war gar nicht da. In einer Mischung aus Spanisch-Deutsch und gebrochenem Englisch versuchte Cosma mit dem Mitarbeiter zu klären, wo denn ihr Paket sei, aber dieser erklärte ihr nur emotionslos, es sei nicht da und drückte ihr eine Karte in die Hand, wo sie sich nach ihrem Paket morgen oder übermorgen erkunden konnte. Wenn es wieder auftauchte würde man es ihr bringen. Er schob ihr gelangweilt ein Formular über den Tresen, welches Cosma ausfüllte. Sie war irgendwas zwischen wütend und enttäuscht, aber sie musste sich damit abfinden, dass sie jetzt nichts ändern konnte.

Michael, der sie sehr süß mit einem selbstgemalten Schild auf dem ihr Name stand am Gate abholte, sah sofort, dass irgendwas passiert war. Aber er war eben auch „nur" ein Mann und meinte sehr tiefenentspannt: „Das findet sich schon wieder an". Das Bild sollte eine Überraschung sein, also konnte Cosma ihm leider nicht genau sagen, was es war und dass sie ihm sein Hochzeitsgeschenk wahrscheinlich in Einzelteilen übergeben würde, wenn sie es überhaupt übergeben würde.

Als sie zu Hause bei Stefanie und Michael ankamen lief Stefanie gerade mit dem Handy am

Ohr hektisch durch die Wohnung. Sie hatte rote Flecken im Gesicht und sprach spanisch in einer Geschwindigkeit, dass Cosma kein Wort verstand. Nach fünf Minuten legte sie auf und sagte resolut: „So, das hätten wir auch geklärt." Die beiden Freundinnen sahen sich an, kreischten wie aufs Stichwort, umarmten sich und redeten beide aufeinander ein. Michael zuckte zusammen und zog die Augenbrauen hoch. „Ich bin dann mal draußen," sagte er grinsend, aber die beiden Freundinnen waren schon völlig in sich selbst versunken.

Sie hatten sich so viel zu erzählen. Cosma musste nochmal in allen Einzelheiten schildern, wie es zu ihrem Unfall und zu ihrer „Auswanderung" nach Kühlungsborn gekommen war. Cosma hatte niemandem von ihren Erlebnissen im Koma erzählt, aber sie wusste, bei Stefanie waren sie sicher. Als Cosma geendet hatte herrschte einen Moment schweigen. Sie traute sich kaum ihre Freundin anzusehen, doch als sie aufsah schimmerten in Stefanies Augen Tränen. „Ich weiß nicht, wie ich es ausgehalten hätte, dich zu verlieren." Auch in Cosmas Augen glänzte es verdächtig und Stefanie hob ihr Glas und sagte schlicht: „Auf das Leben." Sie stießen an, tranken und nach einem stillen Moment fragte Cosma: „Bist du glücklich mit deinem Leben hier?" Stefanie strahlte über das ganze Gesicht und sagte: „Es fühlt sich perfekt an, findet mein Herz. Michael und Spanien: ich bin wirklich ein Glückskind." Cosma grinste und sagte: „Kühlungsborn und malen: ich bin auch ein Glückskind." Beide lachten übermütig und dann, während die Sonne langsam und wunderschön im Meer versank, erzählte Stefanie mit roten Wangen von der Hochzeit.

Die nächsten Tage vergingen wie im Flug. Täglich telefonierte Cosma mit mehr als spärlichen Sprachkenntnissen hinter ihrem verlorenen Bild her. Es war nirgendwo aufzufinden und als Cosma gerade beschlossen hatte einen Gutschein zu verschenken, da klingelte es plötzlich an der Tür. Michael rief nach ihr und Cosma konnte es nicht fassen: Da war es. Unversehrt!

Michael versuchte neugierig herauszubekommen, um was es sich bei der kostbaren Fracht handelte, aber Cosma blieb standhaft. Morgen würde er es eh erfahren. Denn morgen war der große Tag.

12

Bepackt mit allem was sie brauchten zogen die beiden Freundinnen am Tag vor der Hochzeit ins Olivia Nova Golf-Hotel. Die letzte Nacht wollte Stefanie getrennt von Michael verbringen. Die beiden verabschiedeten sich, als gäbe es kein Morgen und als würden sie sich wochenlang nicht sehen. Die Liebe strahlte aus jedem Knopfloch der beiden. Cosma konnte nicht anders als die beiden glücklich anzusehen. Sie freute sich so sehr und in einer kleinen Kammer ihres Herzens hoffte sie, auch einmal einen Mann zu finden mit dem sie so eine Liebe verband.

Kaum waren sie im Hotel angekommen musste Stefanie erstmal Michael anrufen um ihm zu sagen, dass sie gut angekommen waren und wie sehr sie ihn vermisste. Cosma zog ihren Bikini an und befand, dass sie passabel genug aussah um schon mal vorzugehen. Mit Zeichensprache erklärte sie Stefanie, dass sie schon mal zum Pool gehen würde. Stefanie hob den Daumen, Cosma winkte kurz und verließ das Hotelzimmer. Sie war gerade aus dem Zimmer getreten, da saß sie auch schon auf dem Boden. Über ihr 175 cm durchgestylte Blondine mit perfektem Body, Bikini und Tunika. Sie steckte sich die Sonnenbrille ins perfekt gestylte Haar und keifte: „Kannst du nicht aufpassen?!" Cosma stammelte eine Entschuldigung bis ihr klar wurde, dass sie gar nicht wusste, wofür sie sich entschuldigte, sie lag schließlich auf dem Boden. An der Blondine vorbei streckte sich ihr ein gebräunter Männerarm mit goldenen Härchen entgegen. Wortlos ergriff Cosma die dargebotene Hand und murmelte schüchtern: „Danke!" Während der gebräunte Männerarm, der zu einem ebenso gebräunten Männerkörper gehörte nur überheblich in schönster Basslage erwiderte: „Kein Problem, Süße." Das brachte ihm zwei verärgerte Blicke der anwesenden holden Weiblichkeit ein. Cosma und der Chauvi blieben mit den Blicken aneinanderhängen und Cosma konnte nicht verhindern, dass der Chauvi ihr eine Gänsehaut machte. Der Moment war allerdings genauso überraschend vorbei, wie er gekommen war, denn die Blondine schnappte sich den Chauvi am Arm und rauschte den Flur hinunter, natürlich nicht ohne Cosma nochmal mit dem Ellenbogen zu rammen. Cosma sah den beiden nach, schüttelte den Kopf und ging langsam den Flur hinunter in Richtung Pool.

Der Pool lag wunderschön mit Blick zum Strand und auf das Meer. Blondie und Chauvi waren natürlich auch schon da. Schon klar, dass Blondie nicht an den Strand ging. Nicht, dass ihre perfekten Füße noch mit Sand beschmutzt wurden. Es war noch nicht so voll am Pool und Cosma suchte sich eine Liege möglichst weit weg von den beiden. Sie legte ihr Badetuch auf die Liege, machte es sich bequem und begann in ihrem Buch zu lesen. Zumindest war das der Plan. Cosma stellte allerdings fest, dass ihr Blick immer wieder vom Buch zu Blondie und Chauvi abschweifte. Gut, dass sie die Sonnenbrille trug, so sah man wenigstens nicht, wohin sie sah. Blondie hatte es sich auf der Liege bequem gemacht, lag auf dem Bauch und Chauvi cremte ihr hingebungsvoll den Rücken ein. Cosma wollte angewidert wegsehen, stellte aber fest, dass sie eher sehr intensiv hinsah und sich vorstellte, wie seine Hände sich wohl anfühlten. Schließlich machte es sich Chauvi auf seiner Liege bequem. Er hatte sein Tablett in der Hand und schien zu lesen. Genau wie Cosma. Aber sie wurde das Gefühl nicht los, dass er ebenso wie sie herübersah. Cosma schluckte gegen das trockene Gefühl im Hals an und konnte sich dieses Herzklopfen nicht erklären. Wie konnte er auf diese Entfernung solche Gefühle in ihr auslösen. Außerdem kannte sie ihn doch gar nicht und er war auch gar nicht ihr Typ. Viel zu eingebildet. Cosma versuchte ihren Atem unter Kontrolle zu bringen und fiel fast von der Liege als Stefanie fröhlich sagte:

„So, da bin ich." Cosma schrie spitz auf und Stefanie erschreckte sich und schrie auch auf. Aus dem Augenwinkel sah Cosma, wie Chauvi grinste. Er hatte offenbar wirklich zu ihr herübergesehen. Jetzt hob er tatsächlich die Hand und winkte. Cosma wollte Stefanie gerade von der unheimlichen Begegnung der dritten Art mit Blondie und Chauvi erzählen, als sie sah, dass Stefanie zurückwinkte. Cosma war verwirrt. Stefanie sah Cosma an und sagte mit vorwurfsvollem Unterton: „Hast du mich erschreckt." Cosma guckte schuldbewusst und Stefanie sagte: „Guck mal die beiden da drüben, dass sind Leo und …. Dings… hab' ich vergessen. Vielleicht ist das auch schon wieder eine Neue. Es lohnt sich nicht sich die Namen von Leos Hasen zu merken." Cosma nickte als würde sie verstehen und konnte nicht verhindern, dass sich Engelchen und Teufelchen auf ihren beiden Schultern stritten: „Guck, Chauvi kann jede haben, die er will. Dich will er bestimmt nicht. Hör nicht auf ihn, wenn er die Richtige erstmal gefunden hat… Und wer weiß, vielleicht bist du ja die Richtige." Cosma musste dieses Gespräch unbedingt unterbrechen, vor allem, weil sie nichts von dem mitbekam, was Stefanie ihr erzählte. Sie sagte gerade irgendwas von „… von seinem Vater übernommen." Ja, das passte zu Chauvi. Von Beruf Papas Sohn. Cosma sagte sich gerade, dass sie so einen Mann eh nicht wollte. Hing an Papis Geld und nahm jedes Mädel mit, das nicht schnell genug auf dem Baum war. Und dann stand Chauvi, also Leo, auf und kam herüber. Cosma fühlte sich, als würde sie ohnmächtig werden. Er trug Badeshorts und Cosma verfluchte, dass die Zeiten vorbei waren, wo alle Ganzköper-Schwimmanzüge trugen. Sie wusste, dass sie mit Blondie nicht mithalten konnte und er sah einfach atemberaubend aus. Cosma verdrehte die Augen hinter ihrer Sonnenbrille. Er war ein Weiberheld und zwar einer, der sich jetzt direkt zu ihren Füßen auf ihre Liege setzte, nachdem er Stefanie kurz umarmt hatte. Die beiden unterhielten sich und Cosma hörte irgendwas von Freundin Cosma aus Deutschland und ja, schon kennengelernt. In ihren Ohren rauschte das Blut und ihre Haut brannte dort, wo Leo sie beim Auf-die-Liegesetzen versehentlich berührt hatte. Fast hektisch sprang Cosma auf und wäre um ein Haar direkt auf Leo gefallen. „Ich geh mal ne Runde schwimmen." Sie rannte fast zur Treppe am Pool und fragte sich zum wiederholten Male, warum sie nie gelernt hatte galant mit einem Kopfsprung in einen Pool zu tauchen. Als sie die Leiter hinunterkletterte las sie an am Beckenrand. 1,20 m ... vielleicht ganz gut, dass sie keinen Kopfsprung konnte. Sie hatte noch genug von ihrem letzten Krankenhausaufenthalt.

Leider hatte sie nicht bedacht, dass sie jetzt ständig an den Liegen vorbeischwimmen würde, auf denen Leo und Stefanie sich unterhielten. Die beiden sprachen miteinander, aber Cosma wurde das Gefühl nicht los, dass Leo sie ständig ansah. Schließlich rief Blondie nach ihm und er verabschiedete sich von Stefanie. Als Cosma aus dem Pool kletterte sagte sie: „Ich habe Leo gesagt, wir könnten ja gemeinsam Mittagessen." Cosma trocknete ihre Haare und meinte möglichst neutral: „Ja, gute Idee." Stefanie lachte und stupste Cosma in die Seite: „Jetzt überschlag dich nicht gleich vor Freude."

Cosma grinste und verdrehte die Augen: „Ich weiß nicht, auf wen ich mich mehr freue, auf Blondie oder auf Chauvi." Stefanie prustete vor Lachen: „Ach komm. Chauvi, also Leo, ist gar nicht so übel. Und auch ganz erfolgreich. Er kümmert sich…" Cosma winkte ab: „Ich will gar nicht wissen, was Papis Sohn macht." Stefanie hob mahnend den Zeigefinger: „Wer wird denn so voller Vorurteile sein?" Beide lachten los und verbrachten die restliche Zeit bis Mittag schnatternder, lesender und schlafender Weise am Pool.

Gegen Mittag gingen sie zurück ins Zimmer. Cosma duschte schnell und Stefanie telefonierte mal wieder als sie aus dem Bad kam. Es klang nach irgendwas zwischen dramatisch und genervt. Stefanie hielt kurz den Hörer zu und flüsterte Cosma zu: „Geh schon mal, ich muss gleich noch kurz mit Michael telefonieren." Kurz und Michael… das konnte dauern. Cosma versuchte nicht allzu genervt zu sein. „Sag doch Chauvi… äh Leo kurz Bescheid, dass wir nicht kommen." Stefanie flüsterte zurück:

„Geh schon mal vor, ich komme gleich nach. Wirklich! Ganz bestimmt."

Wer ganz bestimmt nicht da war, war Stefanie. Auch nach 30 Minuten noch nicht. Für Chauvi nicht ganz so schlimm, denn er kam auch 15 Minuten zu spät. Er kam allerdings ohne Blondie, denn Blondie hatte sich einen Sonnenbrand zugezogen und sah laut Chauvi eher aus wie ein Hummer. Cosma musste gegen ihren Willen lachen. Erst saßen sie hauptsächlich schweigend da unterbrochen von Belanglosigkeiten, wie der Frage nach Brot und Öl und der Bestellung des Essens. „Was machst Du denn beruflich?" fragte Chauvi schließlich. Cosma zog sich innerlich schon die Boxhandschuhe an. „Ich habe eine kleine Kunstgalerie." Chauvi-Leo schien ehrlich interessiert. „Oh, du bist Maklerin. Das ist ja ein Zufall ich....", weiter kam Leo nicht. „Nein," unterbrach Cosma ihn, „ich bin keine Maklerin, ich bin Malerin und verkaufe dort meine eigenen Bilder." Leo nickte, als würde er verstehen und stellte schließlich die Frage, die alle stellten: „Kann man davon leben?" Cosma war mittelschwer genervt: „Sieht so aus. Oder wirke ich irgendwie unlebendig?" Cosma schlug sich innerlich die Hand gegen die Stirn: Unlebendig... warum musste sie einfach alles immer verkomplizieren. Gerade wollte Cosma noch mal richtig loslegen, als endlich eine sehr gut gelaunte Stefanie an ihren Tisch kam. „Na endlich," sagte Cosma genervt. Stefanie zog die Augenbrauen hoch und blickte irritiert von Leo zu Cosma und wieder zurück. Leo hob die Hände und sagte nur schmunzelnd: „Frag mich nicht. Frauen habe ich noch nie verstanden. Apropos. Die Damen entschuldigen mich, ich guck mal was Jessica macht." Damit kam Cosma ihr Sparringspartner abhanden und Blondie hatte einen Namen. Cosma rauchte noch vor Wut, konnte aber nicht verhindern, dass sie ihren Vater vor sich sah, wie er singend am Grill im Garten steht und laut mit dem Radio den Klassiker von Wolfgang Petry mitsingt: „Sie hieß Jessica." Gegen ihren Willen musste Cosma lachen und Stefanie schüttelte den Kopf, pickte mit ihrer Gabel über den Tisch und meinte lachend: „Du leidest eindeutig unter Stimmungsschwankungen, dabei bin ich doch die Braut." Cosma sah sie schuldbewusst an und sagte: „Du hast ja recht. Es ist deine Zeit. Entschuldige." Stefanie legte die Gabel hin und beugte sich zu Cosma um sie zu umarmen: „Ach Süße! Das war ein Scherz. Ohne dich wäre das alles hier nicht halb so schön. Ich bin so froh, dass du da bist."

13

Und dann war der Moment gekommen. Cosma und Stefanie standen vor dem Spiegel, beide mit Tränen in den Augen. „Wunderschön", flüsterte Cosma. Stefanie trug ein wunderschönes Brautkleid im Fit and Flare-Stil mit einem Carmen-Ausschnitt aus Spitze. Ansonsten war das Kleid schlicht und umspielte ihre Figur. Die kleine Schleppe machte das Kleid perfekt. „Sieh dich an," flüsterte Cosma und Stefanie flüsterte zurück: „Ich kann es kaum glauben. Gleich ist es soweit." Cosma umarmte Stefanie sanft und flüsterte: „Bist du aufgeregt?" Und Stefanie flüsterte zurück: „Ja. Sag mal, warum flüstern wir eigentlich?" Beide brachen in Gelächter aus. Schließlich schnappte Stefanie nach Luft und sagte: „Himmel, ich ruiniere mir mein Make-up." Cosma nickte japsend und meinte: „Sag was du willst: Das sind die Nerven." Schließlich nahm Cosma ihren Brautjungfernstrauß und ließ Stefanie mit ihrer Mutter noch ein paar Minuten alleine. Sie musste sich beeilen. Sie hatte sich vom Hotel eine Staffelei besorgt und das Bild neben dem Geschenketisch aufgestellt. Sie stand davor und träumte sich einen Moment lang nach Kühlungsborn. Spanien und das Meer, das war das eine, aber Cosma spürte, wie Kühlungsborn ihre Heimat geworden war. Sie zuckte zusammen, als Leo dicht an ihrem Ohr sagte: „Wunderschön". Cosma drehte sich irritiert zu ihm um. Leo grinste und zeigte auf das Bild: „Wunderschön. Das Gemälde," sagte Leo, ließ den Blick auf nicht von ihr. „Danke", sagte Cosma spröde, „mir gefällt es auch." Aus dem Augenwinkel sah Cosma Stefanie auf den Flur treten. Es ging los. Cosma lies Leo wortlos stehen und ging zügig in Richtung Flur, wo sie fast mit Blondie zu-

sammenstieß, mal wieder. Blondie war natürlich perfekt gestylt. Wahrscheinlich stand sie
morgens schon perfekt auf und ging auch perfekt schlafen. Cosma hatte keine Zeit sich lange
darüber Gedanken zu machen was Blondie alles haben könnte, was ihr fehlte. Denn Cosma
hatte einen Auftrag. Sie gingen zusammen bis
zum Strandzugang; Stefanie und Cosma umarmten sich und dann ging Cosma alleine in
Richtung des pinkfarbenen Teppichs über den
sie gleich nach vorne schreiten würde. Die Musik begann, Cosma atmete tief durch und ging
los. Sie sah Michael an dem geschmückten Bogen stehen. Das Bild, dass sich ihr bot war über-
wältigend. Das Meer war bewegt, glücklicherweise hielt sich der Wind in Grenzen. Aber er
wehte warm und Cosma konnte sich nicht erinnern sich jemals etwas so bewusst gewesen
zu sein, seit sie ihr Traumland im Koma verlassen hatte. Es war ein perfekter Moment. Alles
fühlte sich so intensiv an. Bevor sie ihn sah,
spürte sie seinen Blick bereits. Leo stand in der
dritten Reihe und sah sie an, wie sie noch nie
ein Mann angesehen hatte. Neben ihm stand
die perfekte Jessica, doch Cosma galt seine

ganze Aufmerksamkeit. Cosma war mittlerweile vorne bei Michael angekommen, stellte sich neben ihn und gemeinsam sahen sie Stefanie entgegen, die am Arm ihres Vaters den gleichen Weg ging, den Cosma eben gegangen war. Während der gesamten Zeremonie ließ Leo sie nicht aus den Augen, dessen war sich Cosma sicher. Cosma fühlte sich so unglaublich lebendig. Als Stefanie und Michael ihre Gelübde sprachen, die Ringe tauschten und sich schließlich zärtlich und innig küssten, war Cosma einfach nur glücklich. Glücklich mit sich, ihrem Leben und für ihre Freundin und ihren Mann. Stefanies Mann. Wie das klang. Irgendwann würde es auch einen Mann geben, der Cosmas' Mann war, dessen war sie sich in diesem Moment ganz sicher. Die ersten Augen in die sie blickte nachdem sie sich in Richtung Gäste wandte waren die von Leo. Cosma versuchte sich nichts einzureden, einzubilden, konnte aber nicht verhindern, dass sie lächeln musste und Leo lächelte zurück. Jessica blickte zwischen ihnen beiden hin und her. Ihr ungläubiges Staunen wandelte sich Zusehens in Wut. Noch während das Brautpaar durch die Menge schritt begann Jessica Leo eine Szene zu machen. Cosma versuchte sich nicht von diesem so wichtigen Moment ablenken zu lassen. Kurze Zeit später ging das übliche Hochzeitsprogramm los. Cosma stand mit ihrem Sektglas da und sah zu, wie Stefanie und Michael Küsschen verteilten und Hände schüttelten, Geschenke und Glückwünsche entgegennahmen. Sie sahen so glücklich aus und Cosma freute sich mit ihnen. Hinter ihr fing die Sonne langsam an unterzugehen und Cosma versuchte sich abzulenken, von der Tatsache, dass ihre Augen immer wieder nach Leo suchten. Doch weder Leo noch seine blonde Barbie waren zu sehen.

Erst als sie sich zum Essen setzten sah sie Leo wieder. Er war allein und der Platz neben ihm blieb leer. Cosma und er saßen sich quasi gegenüber. Er prostete ihr zu und sie hob ihr Glas um es ihm gleich zu tun, genau in dem Moment als das Brautpaar seine Eröffnungsrede begann. Cosma versuchte den Worten des Brautpaares zu folgen, doch immer wieder wanderten ihre Blicke zu Leo und seine ruhten auf ihr.

Schließlich wurde Cosma bewusst, dass es sehr still im Raum geworden war und nicht nur Leos Blicke auf ihr ruhten. Cosma konnte nicht verhindern, dass sie über und über rot wurde. Sie stand eilig auf und warf dabei ihren Stuhl um. Es gab einen kurzen aber ohrenbetäubenden Lärm und Cosma ging unsicher und peinlich berührt nach vorne zum Brautpaar. Stefanie lachte und auch Cosma konnte sich einfach nicht dagegen wehren. Sie lachte mit und Stefanie legte den Arm um sie und sie lehnte ihren Kopf kurz an ihre Freundin. „Das hier", sagte Stefanie, „ist meine wundervolle Freundin Cosma. Für alle, die sie noch nicht kennen. Sie ist der wunderbarste und kreativste Mensch mit dem größten Herz, den ich kenne und einem Riesentalent. Ihr meint, dass ich das ja sagen muss, weil sie meine Freundin ist, aber seht euch dieses Bild an." Stefanie zog Cosma und Michael hinüber zur Staffelei. „Dieses Meisterwerk gehört jetzt uns. Gemalt hat es meine wundervolle Freundin. Wir danken dir so sehr. Dieses Bild wird für immer einen Ehrenplatz bei uns haben. Falls ihr also noch freie Wände zu Hause habt….„ Stefanie machte eine

Kunstpause, „Cosma hat eine kleine Kunstgalerie in Kühlungsborn und hat sicher auch für eure Wände das Passende." Stefanie umarmte Cosma erneut und sagte dann: „Jetzt aber genug des Werbeblocks. Michael hat auch noch etwas Wichtiges zu sagen." Michael nahm sich einen Moment um eine sehr aufrechte Körperhaltung anzunehmen und sagte dann in dramatischem Tonfall: „Das Buffet ist eröffnet.". Alle lachten und applaudierten und dann nahm der Abend seinen Lauf.

Natürlich „musste" auch Cosma später eine kleine Rede halten. Was ihr Stefanie bedeutete wussten sie beide, genau wie sie beide wussten, wie ungern Cosma das vor allen Leuten kundtat. Nach ein paar Sätzen lagen sie sich weinend in den Armen. Freundinnen eben. Für immer. Das brauchte keine große Erklärung zwischen ihnen. Cosma war eine Zentnerlast genommen, nachdem dieser Programmpunkt vorbei war. Sie amüsierte sich großartig an diesem Abend. Das sie mehr trank, als das normalerweise ihre Art war, fiel ihr zwischendurch immer mal wieder auf. Genauso wie ihr auffiel, dass Leo zu ihr herübersah. Wann immer sich ihre Blicke trafen, schien es, dass er sie beobachtete.

Es war schon weit nach Mitternacht als Leo sie zum ersten Mal zum Tanzen aufforderte. Ihr Herz schlug ihr bis zum Hals als Leo ihre Hand nahm und sie auf die Tanzfläche führte. Cosma war erstaunt darüber, dass er so ein guter Tänzer war. Sie harmonierten gut zusammen, was angesichts der Schlagabtäusche zwischen ihnen irgendwie magisch war. Cosma lachte leise. Das was es magisch machte war der Sekt den sie getrunken hatte, da war sie sich sicher. Leo flüsterte: „Warum lachst du?" Cosma sah ihm in die Augen und fragte ohne seine Antwort abzuwarten: „Wo ist deine Freundin?" Er antwortete: „Du meinst Jessica?" Cosma prustete vor Lachen, „wie viele Freundinnen hast du denn dabei?". Jetzt musste Leo auch lachen, „Nur eine von der ich weiß." Cosma verbiss es sich laut loszulachen und sang: „Sie hieß Jessica." Und Leo grinste und sang zu Cosmas Überraschung: „Einfach Jessica." Sie lachten bis sie auf der Tanzfläche standen und sich die

Bäuche hielten. Leo nahm ihre Hand und zog sie von der Tanzfläche. Wie in einer stummen Absprache griff sich Leo auf dem Weg nach draußen eine Flasche Sekt und Cosma sich zwei Gläser. Sie setzten sich auf die Treppe die von der Terrasse zum Strand führte. Leo schenkte ihnen zwei Gläser ein und sie tranken auf das Brautpaar. Danach saßen sie in einvernehmlichem Schweigen da und sahen auf das nachtschwarze Meer, das nur vom Mond erhellt wurde. Irgendwann räusperte sich Leo und sagte mit Blick auf das Meer: „Ich mag dein Bild… sehr." Cosma konnte kaum atmen. So wie er es gesagt hatte, klang es fast wie eine Liebeserklärung. „Danke," sagte Cosma als sie ihre Sprache wiedergefunden hatte. „Ich weiß nicht, ob Stefanie es dir erzählt hat, ich arbeite in unserem Familienbetrieb zusammen mit meinem Vater und meinem Bruder. Wir vermieten und verkaufen Wohnungen in Spanien, Deutschland und Frankreich." Die beschwipste Version von Cosma zeigte mit dem Zeigefinger der Hand in der sie das Glas Sekt hielt auf Leo und sagte kichernd und etwas lallend: „Ein Global-Player um genau zu sein, Papis Global-

Player." Leo griff ihr Handgelenk und zog sie zu sich heran: „Ganz schön frech, die kleine Künstlerin," sagte Leo und klang dabei genauso atemlos wie Cosma. Sie sahen sich in die Augen und Cosma hätte später nicht mehr sagen können, wer angefangen war, aber sie küssten sich zärtlich und doch voller Leidenschaft. Mit zitternden Fingern berührte Cosma ihre Lippen nachdem der Kuss geendet hatte. Leo lächelte sie an und sagte „Komm lass uns tanzen gehen." Cosma hatte keine Ahnung wie lange sie gefeiert hatten. Leo hatte sie zum Abschluss zu ihrem Zimmer gebracht und Cosma überlegte die ganze Zeit, wie sie ihm beibringen sollte, dass er nicht mit reinkommen sollte. Warum eigentlich nicht, fragte sie sich gleichzeitig. Cosma wusste nur, dass sie die Magie dieses Abends nicht zerstören wollte. Doch ihre Überlegungen waren unnötig, denn Leo verhielt sich wie der perfekte Gentleman. Er brachte sie zur Tür, küsste sie und sagte dann: „Danke für den wundervollen Abend." Cosma nickte nur wortlos aber ihre Augen strahlten, so dass es auch keine weiteren Worte brauchte. Sie ging in ihr Zimmer und schwebte wie auf Wolken. Er war perfekt. Er wollte nicht mal mit in ihr Zimmer. Es dauerte keine zehn Minuten, bis sich Cosma fragte, warum eigentlich nicht. Sie lachte schließlich über sich selber, zog sich aus und ging noch schnell unter die Dusche, bevor sie in ihr Bett fiel und sofort einschlief. Das Ende eines perfekten Tages.

Der Start des nächsten Tages war nicht ganz so perfekt. Cosma wachte auf, weil es in ihrem Kopf klopfte. Aua. Ihre Zunge war pelzig und Cosma stellte fest, dass ihr Kopf zwar schmerzte, aber das Klopfen von der Tür kam. Sie quälte sich aus dem Bett und öffnete die Tür. Davor stand ein Zimmerkellner mit einem Tablett. Darauf befanden sich ein Glas sprudelndes Wasser, vermutlich Asperin, eine Tasse Kaffee, eine Rose und ein kleiner Umschlag. Während er Kellner das Tablett auf dem Tisch abstellte öffnete Cosma den Umschlag in dem eine kleine Karte steckte. „Ich erwarte dich zum Frühstück auf der Terrasse. Ich freu mich dich zu sehen. Leo." Cosma hätte hüpfen können, wenn ihr nicht so elend gewesen wäre. Sie trank das Glas mit der Asperin, dann

den Kaffee und fühlte sich fast wiederherge-
stellt als sie auf dem Weg zum Bad am Spiegel
vorbeikam. „Ach du Scheiße", murmelte sie.
Für Wunder war keine Zeit. Duschen und die
Sonnenbrille mussten reichen. Sie zog ein Sommerkleid und Flip-Flops an, weil ihre Füße noch
vom Tag vorher schmerzten und bemühte sich
nicht auf die Terrasse zu rennen, so sehr freute
sie sich auf Leo und gleichzeitig hatte sie Angst.

Sie betrat die Terrasse und war mehr als froh
über die Sonnenbrille. Sie hatte einen ausge-
wachsenen Kater. Die erste Ungerechtigkeit
des Tages war, dass Leo aussah wie das blü-
hende Leben. Er wirkte mit noch leicht feuch-
ten Haaren, als hätte er heute Morgen schon
sein Frühsportprogramm absolviert, wäre kurz
unter die Dusche gesprungen um jetzt mit ihr
zu frühstücken. Mit ihr und, Cosma schämte
sich fast für das kleine Gefühl der Enttäuschung, das sich einschlich, ungefähr 10 weiteren Gästen der Hochzeit. Jessica war nicht zu
sehen. Leo bemerkte ihren Blick und flüsterte
ihr zu „Sie ist abgereist." Cosma nickte und versuchte gar nicht erst so zu tun, als wüsste sie

nicht von wem er sprach. Sie frühstückten zusammen in heiterer ausgelassener Stimmung und jeder hatte noch eine Anekdote von gestern die er zum Besten geben konnte. Schließlich löste sich die Runde langsam auf und Leo beugte sich zu Cosma hinüber und fragte, ob sie Lust auf einen Spaziergang hätte. Natürlich hatte sie. Eine Weile gingen sie schweigend nebeneinander her, dann setzte Leo an: „Cosma, ich wollte mit dir nochmal über gestern reden." Cosma rutschte das Herz in die Hose. Ihm tat der Kuss sicher leid und sie wollte es ihm leicht machen und sich selbst auch nicht die Blöße geben zuzugeben, dass ihr der Kuss etwas bedeutet hatte. Also fiel sie ihm ins Wort und erklärte betont cool: „Du, kein Problem. War ja nur ein Kuss. Was bedeutet schon ein Kuss? Wir sind schließlich erwachsen. Ich gehe nicht davon aus, dass wir jetzt heiraten werden." Cosma schlug sich im Geiste mit der Hand vor die Stirn, was redete sie denn da. Aus dem Augenwinkel sah sie durch die Sonnenbrille, wie Leo grinste. „Das ist ja gut zu wissen, meinte er trocken. Mir hat der Kuss schon was bedeutet, nur falls es dich interessiert, aber

darüber wollte ich gar nicht mit dir sprechen."
Cosma konnte spüren, wie ihr die Röte ins Gesicht stieg. Sie wusste gar nicht was ihr peinlicher war. Ihr ungefragter Monolog oder seine Erwiderung, dass er mit ihr über etwas anderes reden wollte. Ihr Herz hüpfte kurz als ihr klar wurde, dass er auch gesagt hatte, ihm hätte der Kuss etwas bedeutet. Offenbar konnte man ihr innerliches Zwiegespräch trotz Sonnenbrille von ihrem Gesicht ablesen. Leo lachte und meinte gespielt verzweifelt: „Verdammt. Diese Küsserei verhindert, dass ich ein wichtiges Gespräch führe." Cosma blieb stehen und meinte überrascht: „Echt?" Leo lachte und verdrehte die Augen: „Du bist so süß. Man muss dich einfach küssen." Und das tat er dann. Als sie atemlos voreinander standen meinte er. „Okay. Jetzt wird mal eine halbe Stunde nicht geküsst." Und Cosma tat als würde sie strammstehen und erwiderte schmunzelnd: „Ja, Sir. Sehr gerne, Sir." „Du machst mich wahnsinnig…", er packte Cosma an der Taille und setzte sie auf die kleine Mauer, die den Strand von dem kleinen Weg trennte. „Du hörst jetzt bitte kurz zu, ich möchte dir ein Angebot machen."

Cosma nickte. „Stefanie hat mir erzählt, die hast eine Kunstgalerie und die läuft im Moment noch nicht so gut." Cosma platze fast vor Wut. Und sowas nennt sich Freundin. Cosma setzte zu einer Schimpfsalve an, aber Leo hielt sie davon ab indem er ihr die Hand zärtlich auf den Mund drückte. „Hör mir zu." Cosma nickte nochmal und Leo nahm langsam die Hand von ihrem Mund. „Wie ich gestern schon einmal erwähnte vermieten und verkaufen meine Familie und ich Apartments. Diese Apartments sind meistens möbliert und wohnlich dekoriert. Da kommst du ins Spiel, wenn du willst. Stefanie hat mir schon vor ein paar Wochen deinen Katalog gezeigt. Ich mag deine Bilder sehr. Sie haben soviel Seele. Wenn du dir also vorstellen könntest mit uns zusammenzuarbeiten, dann würden wir uns auf eine Anzahl an Bildern einigen, die wir pro Saison abnehmen und du würdest uns einen Preis nennen. Wenn wir uns einig sind, dann könnten wir pro Halbjahr vielleicht 30 bis 50 Bilder kaufen." Cosma fiel fast von der Mauer. „30 bis 50 Bilder pro Jahr….oh mein Gott." Leo grinste und meinte nein, nicht pro Jahr…" Cosma atmete hörbar aus: „Puh, dachte ich mir doch, dass ich mich verhört habe." Leo lachte aus vollem Halse und meinte: „Nein, pro Halbjahr." Cosma konnte es nicht glauben. Vor ihr saß der wundervolle Leo in den sie sich gerade Hals über Kopf verliebte und machte ihr ein Angebot, das sie unmöglich ablehnen konnte. Cosma hatte trotzdem ihre Zweifel. „Das ist ein Wahnsinnsangebot, vielen Dank." Leo zog die Augenbrauen fragend hoch: „Aber?" Cosma knetete ihrer Hände und senkte den Kopf bevor sie sagte: „Das ist keine Fließbandarbeit. Ich glaube nicht, dass ich in der Größenordnung malen kann." Leo sah sie zärtlich an und sagte: „Du bist wundervoll, weißt du das eigentlich? Vielleicht könnten wir von einigen deiner Bilder auch Drucke anfertigen, und dann sehen wir, wie viele Bilder du uns liefern kannst und den Rest füllen wir mit anderen Künstlern und Drucken auf. Ist das ein Angebot?" Leo hielt ihr die Hand hin. Cosma blickte auf die Hand in Leos Augen und wieder auf die Hand und schlug dann ein: „Abgemacht."

14

Als Cosma eine Woche später wieder auf dem Weg nach Kühlungsborn war, kam ihr das ganze wie ein Traum vor. Die Verträge waren gemacht und sie wusste, wenn sie nach Kühlungsborn zurückkam würde sie malen mit dem Wissen, dass diese Bilder tatsächlich einen Abnehmer fanden. Sie wusste, dass sie weiter Malkurse geben würde, denn das machte ihr Spaß, aber vorerst, war ihre Kunstgalerie gesichert. Der Vertrag mit der Firma von Leos Vater lief erstmal für ein Jahr, aber Cosma war damit mehr als glücklich. Es hieß ein Jahr mehr in Kühlungsborn. Ein Jahr mehr in ihrem neuen zu Hause. Cosma konnte ihr Glück nicht fassen. Als sie in Hamburg ankam schaltete sie ihr Handy ein. Leo hatte ihr geschrieben, dass er sie jetzt schon vermisste. Die zweite Nachricht, war von ihren Eltern. Sie warteten am Ausgang. Cosma war rundum glücklich. Als sie aus dem Flughafen zum Auto gingen riss der Himmel auf und Cosma kam es fast vor, als würde die kleine Sophie zu ihr herunterlächeln.

Cosma blieb noch über Nacht bei ihren Eltern, erzählte ihnen alles. Natürlich war vor allem ihr Vater skeptisch. Dass jemand für dieses Geklekse Geld ausgab war ihm sowieso schleierhaft. Cosma versuchte es nicht persönlich zu nehmen. Ihre Eltern liebten sie, dass wusste sie, aber die Art wie Cosma lebte und auch leben wollte, verstanden sie nicht. Sie waren Sicherheitsdenker gewesen, schon immer. Sie waren in ihrer Tradition verwurzelt, doch aus irgendeinem Grund, war Cosma es nicht, obwohl sie mit all diesen Werten aufgewachsen war. Es wurde Zeit, dass sie alle lernten, dass jeder von ihnen bleiben durfte, wie er war. Sie mussten es nur alle respektieren. Irgendwann ging ihre Mutter und holte den Champagner, den sie schon ewig im Keller hatten und der für einen besonderen Anlass dort stand. Cosma war zu Tränen gerührt, dass sie jetzt dieser Anlass war. Der Champagner war überlagert und schmeckte scheußlich, was ihren Vater dazu brachte brummelnder Weise ein Bier für sich zu holen. Cosma und ihre Mutter entschieden sich lieber einen Wein zu trinken und als sie in der Küche standen um den Champagner im Ausguss zu entsorgen, mussten sie beide lachen. Cosma stellte die Flasche weg und umarmte ihre Mutter. „Ich danke euch, dass ihr mich gehen lasst, auch wenn ihr mich nicht versteht. Ich bin sehr glücklich." Ihre Mutter hatte Tränen in den Augen und strich ihr über das Haar: „Das sehen wir und das macht uns sehr glücklich. Aber wir machen uns natürlich auch Sorgen um dich. Wir möchten, dass du es guthast, dass du eine Zukunft hast und glücklich bleibst, auch wenn wir mal nicht mehr da sind. Cosma drückte ihre Mutter noch einmal ganz fest. Der Gedanke einen von beiden zu verlieren war schrecklich. Sie waren sich nicht immer einig, aber sie waren eine Familie. Cosma fühlte sich frei und geborgen, ein Gefühl, nach dem sie immer gesucht hatte.

Genau das erzählte sie Fritz am nächsten Nachmittag auch als sie zusammen im Strandkorb vor der Galerie saßen. Ihr Handy vibrierte und sie sah kurz drauf und lächelte. „Leo?", fragte Fritz und Cosma antwortete strahlend: „Ja, er kommt mich besuchen. Nächste Woche. Ein Geschäftsbesuch. Er will sich die Galerie ansehen." Fritz lachte trocken und meinte nur: „Is klar." Dann stießen sie mit ihren Teebechern an und waren sehr zufrieden mit sich und der Welt.

Leo kam wie versprochen eine Woche später. Zwei Tage verbrachten sie zusammen. Sie zeigte ihm Kühlungsborn. Ihr Kühlungsborn. Die Kunstgalerie, den Ort, den Strand und Leo schien zu verstehen, warum sie dort leben wollte. Schließlich lebte er auch die meiste Zeit des Jahres in der Nähe des Meeres. Sie tranken Sekt am Strand und küssten sich, während die Sonne unterging. Leo gab ihr das Gefühl, die schönste Frau der Welt zu sein. Trotzdem wusste Cosma, dass es nicht alleine Leo war, der ihr das Gefühl gab. Sie hatte sich gefunden. Sicherlich würde sie immer wieder vor Herausforderungen stehen, aber wenn sie sich festhielt, dann konnte ihr kaum etwas geschehen. Irgendwann wurde es kühl am Strand. Wie auf ein geheimes Stichwort, nahm Leo ihre Hand und sie gingen in ihre Wohnung. Die Nacht war wundervoll. Sie liebten sich und flüsterten sich Dinge zu, die nur Verliebte sagen. Cosma war nicht so naiv zu glauben, dass Leo jetzt der Mann für ihr Leben sein würde, dafür waren die Umstände doch ein wenig schwierig. Wie sollte das gehen? Er war weit weg, oder sie, je nach dem aus welcher Perspektive man es sah. Aber Cosma wusste, dass ihr Leben hier stattfand. Hier in Kühlungsborn, wo ihr Herz Zuhause war.

Cosma lag noch lange wach, während Leo schon tief und fest schlief. Sie ging zum Fenster, sah hinaus und fühlte einen unglaublichen Frieden in sich. Nie hätte sie geglaubt, dass sie ohne diese schwarze Wolke über ihrem Kopf würde leben dürfen. Cosma legte sich zurück zu Leo und schmiegte sich an seinen Rücken. Leo drehte sich im Schlaf zu ihr und nahm sie in den Arm. Glücklich schlief Cosma ein.

Es war eine kurze Nacht. Die Sonne schien schon früh in ihr Schlafzimmer. Cosma stand auf, zog sich T-Shirt und Shorts an und ging ins Bad um sich die Zähne zu putzen. Sie warf einen Blick ins Schlafzimmer auf Leo, der so wundervoll aussah während er schlief. Sie blickte durchs Fenster in Richtung Meer und schaltete mit der Zahnbürste in der Hand leise das Duschradio ein. Sie stockte als das Radio tatsächlich „Girls just wanna have fun" von Cindy Lauper spielte. Zwischen ihrer Tagträumerei von damals und der wundervollen Realität von jetzt lag etwas mehr als ein Jahr und doch ein ganzes Leben. Cosma dachte zurück an ihren Unfall und die Zeit im Koma. Ihre Oma hatte immer gesagt: „Man weiß oft erst hinterher, wofür Dinge gut waren." Wie recht sie doch hatte.

15

Cosma schlich aus dem Bad und machte sich leise einen Tee. Sie zog sich ihre lange Wolljacke an und ging nach unten zum Strandkorb. Wie auf ein geheimes Zeichen kam Fritz kurze

Zeit später dazu. „Moin," sagte Cosma und blinzelte gegen die Sonne. „Moin," erwiderte Fritz und grinste. Eine Weile schwiegen sie und dann fragte Fritz: „Na, schläft der Märchenprinz noch." Cosma lachte leise. „Er ist schon super, aber die Zeit in der ich auf Märchenprinzen gewartet habe ist vorbei. Die Zeit des Wartens ist irgendwie grundsätzlich vorbei. Ich möchte mein Leben gestalten, möchte sehen was es bringt. Mich auf Dinge einlassen und sie auch loslassen, wenn sie nicht funktionieren. Vielleicht bleibt Leo in meinem Leben, vielleicht ist er nur ein Besuch. Auf jeden Fall macht er mich im Moment glücklich. Aber weißt du was verrückt ist, Fritz?" Cosma wartete Fritz' Antwort gar nicht ab, „ich glaube zum ersten Mal daran, dass ich in meinem Leben alles machen kann, alles schaffen kann. Dass mein Leben alles sein kann, was ich möchte. Ist das abgehoben? Vermessen?" Fritz sah sie an, nickte und sagte: „Ne, meen Deern, ich würde sagen, dass ist eine sehr gute Voraussetzung für ein glückliches Leben. Ein norddeutsches, bodenständiges Leben mit einem kleinen Hang den Kopf in den Wolken zu haben. Cosma und Fritz stießen mit den Teebechern an und lehnten sich im Strandkorb zurück. Bereit darauf, der Zukunft entspannt ins Auge zu sehen.